KB114391

이혼하고
싶어질 때마다
보는 책

페미니스트 아내의
결혼탐구생활

이혼하고 싫어질 때마다 보는 책

박식빵 지음

▌프롤로그

나는 왜 고민 한 번 없이 나이 서른에 결혼을 해버렸을까?

비혼족과 딩크족, 또는 아직 법제화가 요원하지만 동성결혼이나 생활동반자 제도와 같은 새로운 형태의 가족, 또는 결혼제도 너머에 있는 새로운 파트너 관계가 수면 위로 떠오르고 있다. 사실은 꽤 오래전 시작되었다. 세계적인 추세에 비추어 볼 때 여기 대한민국에서는 꽤 뒤처진 편이기도 하다.

나는 어려서부터 '결혼을 안 하고 혼자 살아볼까나?'라고 생각해본 적이 딱히 없었다. 이성애자였고, 그러다 보니 당연하게 서른 즈음에 그 타이밍에 있던 지금의 남편과 결혼하게 되었다. 그러나 살다 보니 '결혼은 미친 짓'이 맞았다.

왜 미친 짓이었는지 구구절절 증명하며 떠드는 일이야 쉽다.

혹은 그것은 꽤 식상한 부연설명이나 하소연이 될 수도 있다. 하지만 이 책을 펼쳐 든 여러분은 아마도 아시리라. 이 결혼생활이 진부하고, 재미없고, 미친 짓이란 것 따위를 증명하려고 이 많은 지면과 시간과 노력을 들여 책 한 권을 낸 것은 아닐 테니까. 게다가 나의 하소연은 이제까지와는 좀 다른 맛이 있달까. 남편 뒷담화로 끝나지 않고 뼈를 깎는 자아성찰로 나아갔달까. 아무튼, 여러분의 깨알 웃음과 공감을 위해 잠시 뒤로 미뤄두기로 하겠다.

자전적 고부갈등 경험에 관해 쓴 나의 첫 책 『님아, 그 선을 넘지마오』가 출간되고, 몇 달이 지나서야 책을 제대로 펼쳐보았다. 그런데 분명 당시엔 최선을 다했던 내 글을 보면서 나의 머릿속은 새로운 물음표로 가득 차 버린 매우 곤란한 상황이 되어 버렸다. 내 책을 페미니즘 책으로 홍보하고 있으면서, 어째서 나는 페미니스트에게 이다지도 박하고 억울하고 시시한 결혼제도에 대해서 한 치의 의문도 가져본 적이 없었나.

(물론 결혼하지 않았다면 이 아이도 존재하지 않았겠지만) 하나뿐인 소중한 딸아이를 페미니스트로 키우고 싶어 하는 엄마이면서, 내 엄마의 모진 시집살이를 30년 가까이 보고 살아온 산 증인이면서, 도대체 왜 나는 고민 한 번 해보지 않고 서른 살이 되자마자 유부녀의 길로 뛰어들었나.

이것은 쓰지 않고는 풀리지 않을 의문이었다.

최소 3년은 다시 책상에 앉아 책이나 글 따위를 쓰지 못할 것처럼 고갈되고 지친 느낌이었는데, 어느새 나는 새하얀 백지장을 켜놓고 컴퓨터 앞에 앉고 말았다. 책으로 돈을 벌어 입에 풀칠하고 사는 작가는 많지 않다. 극소수이다. 나도 물론 돈 좋아한다. 부자가 되고 싶다.

하지만 그것보다 더 중요한 것은 내 존재 자체에 대한 의문을 푸는 것이었다. 그리하여 이번에도 무작정 쓰기 시작했다. 결론은 정해놓지 않은 채.

이 책은 결혼해라 말라 하는 책이 아니다. 대학 동기로 처음 만났지만 9년 뒤 연인이 되었고, 속사포로 5개월 만에 혼인

신고를 한 이 남자와의 결혼생활에 대해 낱낱이 까발려보고자 한다. 이미 결혼해버린 서른일곱 살의 저자가 현시점에서 느끼는 결혼제도의 문제나 대한민국 30~40대의 현실감 가득한 문제를 재미있게 에피소드 식으로 풀어보고 싶었다.

모두가 개인주의자가 되고 결혼제도가 와해되더라도 사회는 앞으로도 한참 동안은 더 가족이라는 바탕 위에 서 있을 수밖에 없을 것이고, 결국 그것은 우리 모두의 문제이다. 가족을 토대로 서 있는 사회에서 가족의 불행은 곧 사회 전체의 불행으로 발전한다.

OECD 국가 중 최저 출생률이라는 오명을 가진 나라 대한민국, 그 헬조선에서 아이 하나를 낳아 키우고 있는 30대 부부가 어떻게 결혼에 골인했고, 어떻게 살아가고 있는지를 보며 이 책이 그 문제를 풀 수 있는 하나의 작은 단서라도 줄 수 있기를 바라고, 우리와 같은 70, 80년대생(기혼 또는 미혼) 세대들이 같이 공감하며 킥킥대고 웃을 수도, 눈물 한 방울 흘릴 수도 있는 재미난 이야기가 되기를 바란다. 그리고 90년대생과 그 이후의 젊은이들에게 아주 작은 나침반이라도 되어줄 수 있다면 더 바랄 게 없겠다.

Chapter 3
엄마는 페미니스트 그리고 오늘부터 아내도 페미니스트

Chapter 4
그럼에도 결혼하고 싶은 페미니스트를 위하여 하지 마 도망가

이혼하고 싶어질 때마다
보는 책

Chapter 1

결혼에 입성하기 위한 전제조건

콩깍지의 함정

타인을 이렇게도 좋게 생각하는 이유는 자신의 미래가 두렵기 때문이다.
긍정적 사고의 기저에는 끔찍한 공포가 있다.

The reason we all like to think so well of others is that
we are all afraid for ourselves.
The basis of optimism is sheer terror.

- 오스카 와일드

결혼의 동기, 결국은 타이밍?

독자들을 위해 본인에 대해 짧게 소개하자면, 나는 지방의 모 대학 영문과를 졸업하고, 3년간 그렇고 그런 회사 두 곳을 거치며 회사생활을 했다. 그러다 뒤늦게 눈이 맞은 대학 동기 남편과 결혼하여 영국으로 건너갔고, 거기서 아이를 낳아 키우고 어찌어찌 떠돌다 5년 전 다시 한국으로 돌아와 엄마이자 아내이자 작가로 살고 있다.

아주 평범한 대한민국 30대 남자인 나의 남편 이모 씨, 그 동갑내기 남자와 결혼한 스토리부터 말해야 하나. 대학 동기라고 했지만 우린 CC(캠퍼스커플)가 아니었다. 17년 전 우리가 새내기 대학생이었던 무려 2004년으로 되돌아가 보자. 그의 첫인상은 삶은 달걀을 으깨 넣은 새콤한 소스의 샌드위치 냄새로 기억된다. 2월 신입생 OT(오리엔테이션)에서 서로 친해져보라고 선배들이 조별로 요리를 하는 과제를 주었는데, 그가 속했던 조에서 만든 샌드위치를 드시곤 나에게 첫 말을 걸었기 때문이다. (그거 좀 제대로 삼키고 말하지 그랬니.) 그 강렬한 첫 장면으로 돌아가 그를 처음 본 기억 속의 내 얼굴을 살펴보면, 저 촌뜨기 같은 여드름투성이 꼬꼬마랑 결혼하게 될 줄은 꿈에도 모르는 표정이었을 게다. 물론 그 당시 그의 의견은 내 알 바 없으니, 생략하도록 한다.

•

우리는 같은 학교, 같은 과를 다닌 동기였지만, 그렇게 각자의 연애 생활, 과 생활, 구직 활동 기간을 거쳐 졸업했고, 우리가 사귀게 된 것은 졸업 후에도 한참 뒤인 2013년이었다. 대학을 입학하여 처음 만난 지 9년 만에 연인 사이가 된 것이다. 교제를 시작한 이후 혼인신고서에 도장 찍기까지는 단 5개월이 걸렸을 뿐이다.

서로 애인이 없던 시기엔 가끔 연락도 하고, 다른 남자 동기들, 남사친(남자사람친구)들보다는 가깝게 지낸 것이 사실이다. 아무래도 역시나, 남녀 사이에 친구관계란 존재하지 않는 것일까. 길고 긴 친구로서의 기간을 뛰어넘어 연인이 된 후 결혼까지는 속사포로 진행된 걸 보면. 둘 중 하나는 상대방에게 호감을 느끼지 않고선 유지되지 않을 만큼 긴 기간이기도 하고, 결혼이란 게 타이밍이 큰 영향력을 미치는 문제인 것도 새삼 실감한다. 사랑의 크기나 집안, 학벌, 경제력 같은 조건보다도 언급된 그 모든 것을 종합해 말할 수 있는 그 단어. 타.이.밍.

지금 '기승전타이밍'으로 얼버무릴 거냐고 한다면 할 말이 없지만, 결혼한 부부, 돌싱 남녀, 노부부들에게 물어보면 결혼의 이유는,

1. 제대로 된 임자 만나서(동의어로 소울메이트, 영원한 사랑 등이 있음)
2. 조건 보고(집안, 경제력, 직업, 나이, 외모 등)
3. 어쩌다 보니 이미 내가 결혼했더라(조심성이 부족하고 불같은 사랑을 하는 스타일 또는 속도위반).

이 세 가지로 압축될 것이다. 그런데 이 세 가지를 하나로 정리할 수 있는 단어가 있으니 그것이 바로 타이밍이다. 다시 나의 경우를 예로 들어보겠다. 남편과 사귀기 시작했을 무렵,

1. 한국 나이로 스물아홉이었으니 요즘 추세에 비하면 이른 감은 있으나 결혼적령기였고, 보통 2~3년은 사귀고 결혼을 생각하기 때문에 '이 타이밍이면 지금쯤 한 번 사귀어 보긴 적당하겠군.'이라고 나란 여자는 생각했을 것이다.

2. 갑자기, 그냥 조금 친한, 나에게 조금은 이성적 호감이 있는 것으로 추정되는 '남사친'이 더 이상 코찔찔이 대학 동기 놈이 아니라 늠름한 직장인이 되어서, 우리가 대학시절을 보낸 고향 부산이 아니라, 서울이란 대도시에 나타났고,

3. 나는 막 끝낸 다른 연애들로 가슴이 시리고 우울하고, 괜스레 누군가 만나고 싶었고,

4. (페미니스트들로부터 지탄받을지도 모르지만, 그 와중에 나도 실은 소심한 페미니스트라고 덧붙이고는 싶은 얄팍한 마음을 눌러 담아 쓰며) 야근과 박봉으로 점쳐진 서울에서의 직장생활에 염증이 나던 참에 '취집'이란 거에 15%쯤은 마음이 기울기도 했던 타이밍이고,

5. 저어기 유럽 어디에서 해외 직장생활을 하다 서울에 온 이 남자, 괜히 멋있어 보이기도 했고, 사귀자고 말하면서 결혼해서 영국에 같이 가자고 하질 않나. 나 영국이라면, 출장 가서 반 년 간 군대처럼 뺑이 친 덕분에 치를 떠는 여자였는데, 직장이 아니라 결혼생활을 영국에서라… 아아… 다를까 고민하기도 했고,

결국은 이 남자의 보통남자 같은 사귀기 전 사탕발림에 홀랑 넘어가 버렸던 것이었던 것이었다. 남편아, 너무 솔직해서 미안. 너도 그렇다고 왜 말을 못해. 너도 실상은 '인생의 여자'였다거나 '마지막 사랑'이었다기보단 타이밍이었다고 왜 말을 못해. 억울하면 너도 책 써.

그래, 결혼은 타이밍이란 스토리는 이쯤에서 접어두고, 그래서 이쯤에서 하고 싶은 말은 나는 왜 저 타이밍에서 취집을 떠올렸나, 왜 영국에서의 (남편의) 직장생활은 이 헬조선 한국보단 나을 것이라 생각했나, 바로 이것이다.

입 아프도록 말해도 아직도 거북이 같은 속도로 진보해가고 있는 그것. 여성의 사회적 지위, 출산/육아휴직 보장, 승진의 기회 등! 그리고 사회생활과 관련된 그 수많은 '경력단절 전업맘'들의, '눈물겨운 워킹맘'들의 널리고 널린 스토리들.

야근을 죽도록 하고도, 주말 출근을 불사하고도 땡전 한 푼 더 받지 못하는 수많은 이 땅의 월급쟁이들, 그리고 그런 남편들로 인해 또다시 고통받으며 집에서 '독박육아'란 걸 한다며 울부짖는 여자들.

워킹맘 해보겠다고, 난 이 한 몸 부서져도 할 수 있다고, 친정이고 시가고 도움 못 받는 상황이라고, 눈물 콧물 빼며 갓 돌 된 아이를(또는 심지어 3개월 된 젖먹이를) 어린이집에 보냈는데, 아이는 다쳐오거나 성폭행 당하거나 학대당하고…. 적다 보니 성질이 난다. 분통이 터진다. 이놈의 나라는 도대체 언제 제대로 된 방향으로 가는 걸까. 출생률이 마이너스네 어쩌네 징징대지 말고, 그리고 당신도 아이 키워봤으면, 직장생활 해봤으면, 제발 출생률을 올리는 데 도움이 될 실질적인 정책을 제시해달라고…. 의식의 흐름에 따라 쓰다 보니 웃으면서 시작해서 끝에는 욕설만 남을 것 같아 여기에서 이만 살포시 접도록 한다. 결코 내가 노트북을 쾅 닫지 않았음을 유념해주신다면 좋겠다.

~~~~~

노란 풍선을 들었던 1998년의 그녀들

향긋한 모닝커피와 내 아침을 깨워주는 상큼한 입맞춤~ 아직 달콤한 꿈에 흠뻑 취해서 '조금만 더' 그러겠지~ 하얀 앞치마 입고 내 아침을 준비하는 너의 모습~ 나의 삐뚤어진 넥타이까지도 모두 다 너의 몫일 거야.

90년대 H.O.T.와 함께 남자 아이돌 그룹의 시초였던 젝스키스의 「예감」이라는 노래의 가사이다. 어느날 이 노래가 라디오에서 흘러나오는데 평소와 달리 서서히 빡치고 있는 날 발견하고 말았다. 샤방샤방한 미소년의 얼굴을 한 여섯 남자가 노래하는 달콤한 결혼생활의 환상. 아 저런 오빠와 결혼할 수만 있다면 새벽같이 일어나 아침 준비하는 게 대수랴, 그의 넥타이를 내가 매만져줄 수만 있다면, 나도 언젠가 저
~~~~~

런 남자를 만나 저런 결혼생활을 할 수 있을까 생각했을 수많은 여학생들.

이 달콤한 노래의 대체 무엇이 나를 열 받게 했을까. 이 노래는 1998년도에 나왔다. 수많은 10대 소녀들의 우상이었던 그들. 그녀들은 노란 풍선을 들고, 비옷을 입고, 밤새 줄을 서가며 전국의 음악방송을 쫓아다니고, 콘서트 티켓을 사고, 앨범을 사 모았다. H.O.T.와 젝스키스의 시대였다. TMI(too much information)로 나는 젝스키스보다는 H.O.T.를, 그중에서는 장우혁 오빠를 좋아했다.

몇 년 전부터 방송계는 레트로 붐이 한창이다. 한 예능 프로그램에서는 이제 마흔 줄이 된 그 시대의 젝스키스 오빠들을 다시 모이게 했으며, 유명 가수들이 옛날 노래들을 리메이크하는 것도 하나의 트렌드가 되었다. 패션계에서도 레트로 열풍이 계속 이어지고 있다. 레트로는 좋다. 서서히 뒷방 늙은이가 되고 있는 내 또래가 보고 듣기에도 향수를 불러일으켜 좋고, 요즘 젊은 세대의 새로운 감성이 덧입혀진 옛날 노래들은 새롭고 신선하기도 하다. 나는 유명한 아이돌 가수의 이름이나 방탄소년단이 몇 명인지는 몰라도 아이유가 부르는 옛날 노래들은 좋아한다.

그런데 그날 라디오에서 들은 젝스키스의 노래는 왜 나를 화나게 만들었나. 아직 남편이 늦잠을 자는 동안 아내는 좀 더 일찍 일어나 보글보글 된장찌개라도 준비해야 한다는 생각, 아내는 가장인 남편이 출근할 때 옷매무새도 만져주어야 한다는 생각, '남자와 여자', '남편과 아내'의 그 정형화된 관념이 10대 여학생들이 무수히 따라 불렀던 아이돌 가수의 노래 가사로 등장했다는 사실 때문이 아니었을까.

그네들은 시간이 흘러 지금 내 나이 또래가 되었다. 지금은 반대로 남편이 그 노래 가사 속의 주부 역할을 하고, 아내가 돈을 벌기 위해 출근을 하는 부부도 있을 것이고, 새벽같이 일어나 허둥지둥 우유에 만 시리얼을 먹는 둥 마는 둥, 아이는 일등으로 어린이집에 밀어 넣고 지옥철에 몸을 싣는 맞벌이 부부도 많다.

『모성애의 발명』을 쓴 독일의 사회학자 엘리자베트 벡 게른스하임에 따르면, 여자가 오랜 시간 동안 가정주부로만 살아온 것은 산업화의 결과라고 한다. 가족 경제 속에서 함께 일할 수 있었던 아이와 여성, 노약자는 익명의 시장 법칙 아래에서 변방으로 밀려났고, 산업사회의 등장과 동시에 새로운 형태의 인생행로가 필요해지게 된 것이다. 그것은 바로

'뒤에서 지원하고 원기를 북돋아 주며 격려하며 다른 사람들을 돌보는 일'에 맞게 만들어진 것인데, 이것이 바로 여성에게 주어진 새로운 노동 및 삶의 형태가 된 것이라는 게 그녀의 주장이다. 아주 오랜 시간 동안 이 땅에서 여자들을 옭아매온 그 사상은 무려 1998년까지도 아무런 거리낌 없이 노래 가사로 쓰여 수많은 여학생에게 '로맨틱한 결혼생활은 이런 것'이란 환상을 심어주며 되풀이되고 있었던 것이다.

결혼은 남자와 여자가 하는 것이라는 생각, 부부와 아이가 이루는 가정이 '정상 가족'이라는 생각은 그 범주 안에 들지 못하는 사람에게 끊임없이 폭력으로 작용한다. 아직도 많은 사람이, 특히 나이 드신 어른들이 결혼하지 '못한' 사람을 무언가 '흠이 있는 사람' 취급을 한다. 결혼하지 않는 것을 스스로 선택할 수 있다는 사실을 애써 잊으려 한다. 나 역시 20대까진 별생각 없이 결혼해서 아이를 낳고 사는 것이 당연한 수순인 것처럼 생각했다. '흠 없는 정상 여자'의 범주에 나를 우겨넣고 싶었다. 평범함이 행복의 출발점이라고 생각한 것이다. 그 '평범함'이라는 것의 기준 자체가 누군가에겐 폭력일 수 있고, 사람마다 기준이 다를 수 있음을 생각하지 못했다.

어쨌든 나는 한 남자와 이미 결혼이란 걸 해버렸고, 아이도 낳았다. 틈만 나면 싸우고 울고불고 진상이 되기도 하지만, 아직까지는 이혼이란 걸 하지 않고 어찌어찌 살고 있다. 게다가 참으로 안타까운(?) 것은 격한 고부갈등을 겪고 나서, 그리고 딸을 키우면서 스스로가 페미니스트임을 깨달아버렸다는 것이다.

그것은 수많은 싸움의 시작을 뜻하기도 했다. 이왕 해버린 결혼, 남편을 나와 같은 페미니스트로 만드는 것도, 내 아이를 훌륭한 페미니스트로 키워내는 것도 내 삶에 추가로 주어진 과제가 되어버렸다. 그것은 험난한 과정일 것이다. 하지만 할 수 있을 것 같다. 그 방법을 찾기 위해 지금도 이 글을 쓰고 있다.

내가 포기한 25%,
완벽한 결혼의 조건은 없다

이 결혼은 꼭 했어야만 하는 것일까? 그래, 나는 어쨌거나 결혼을 했을 거다. 이 사회에서 모지리 취급받고 싶지 않아서, 노처녀로 손가락질받고 싶지 않아서, 떠도는 온갖 외로움에 대한 괴담에 겁에 질려서 나는 결혼을 했을 거다. 혼자 독립적인 척은 다 하면서 실은 이 사회의 틀에서 한 발짝도 못 벗어나는 그런 겁쟁이라서, 나는 결국 결혼을 했을 거다. 이것이 내가 결혼한 진짜 이유다. (p.123)

-『아주 독립적인 여자 강수하』(강수하 지음)

이 대목을 읽으며 내 마음속에 존재했지만 정확하게 말이나 글로 표현하기는 어려웠던 결혼에 대한 속마음을 조목조목 짚어주는 것 같아서, 비겁했던 내 속마음을 들킨 것 같아서 부끄러우면서도 속 시원했다. 그렇다. 내가 쓰고 있는 이 모든 것은 그 모든 사회적, 개인적 압박감에 굴복하고 만 자의 뒤늦은 고백이고 핑계일 뿐이다. 결혼이란 것이 그토록 여자에게 불리하고 시시한 제도라면 도대체 왜 수많은 여자가 결혼에 목을 매는가. 왜 그토록 많은 노처녀가 명절마다 스트레스에 시달리고 결혼 시장에 끊임없이 자기를 내놓는가. 나이를 한 살 두 살 먹을수록 점수가 깎일까 두려워 필러를 맞고 몸매를 가꾸는가. 왜 스스로가 가판대에 올려놓은 물건마냥 점수 매겨지는 물건이 되는 걸 지켜보고만 있나.

부끄럽지만 좀 더 솔직해질 필요가 있는 것 같다. 나 역시 결혼적령기에 결혼이란 인생 퀘스트 하나를 해치워버림으로써 결혼을 안 했을 경우 지속해서 시달리게 될 스트레스로부터 해방되고 싶은 마음이 있었다. 노처녀의 기준이 정확히 무엇인지는 모르겠지만 결혼을 하지 않고 버티다가 노처녀 딱지를 단 채 살고 싶지 않은 마음이 있었다. 결혼을 '안' 한 것이라 할지라도 이 사회에서는, 주변에서는 '못' 한 것이라는 오명을 씌우는 숱한 경우를 봐왔기에 그 '결혼 못 한' 여자의 무리에 들어가고 싶지 않은 마음이 있었다.

이제 와 뒤돌아보건대 그 모든 것은 강수하의 말대로, '사회가 나를 속인 것뿐이다. 빼앗겼던 것뿐이다.' 이 사회는 결혼하지 않아도 안정적으로 행복하게 살 수 있다는 것을 숨겼다. 혹은 우리는 그것을 잘 알면서도 애써 모른 척했을지도 모른다. 일일이 반박하고, 설명하고 살아야 할지도 모르는 삶에 지레 겁먹어서.

어쨌거나 8년 전의 나는 결혼이란 걸 후딱 해버리고 싶었던 모지리 평범한 여자였고, 남편감을 고르는 데 있어서 나름의 기준이란 걸 가지고 있다고 생각했다. 그 기준이란 것은 이상적이기도 했고, 속물적이기도 했다.

첫 번째, 비슷한 학력 수준을 가진 말이 통하는 사람
두 번째, 유머 코드가 비슷해서 티키타카가 되는 사람
세 번째, 어느 정도 경제적 능력이 있는 사람
네 번째, 나보다 큰 키와 훈훈한 외모

첫 번째, 두 번째 이유가 가장 중요했는데, 친구로 지낼 때보다 연인이 되어 만나다 보니 훨씬 더 잘 통하는 것 같아 패스. 세 번째 이유는 예의 그 속물적인 조건이다. 어린 시절 풍족하게 살아보지 못해서 남편감이 어느 정도 경제적 능력을 갖추고 있고, 시가가 최소한 가난하진 않기를 바랐다. 누군가 이것을 가지고 비난한다면 할 말은 없다. 솔직히 스스로는 경제적 능력이 부족하다고 생각하던 참이었다. 비루한 스펙으로 이름 들어봄 직한 대기업이나 번듯한 공기업에 취직하거나 의사, 변호사 같은 '사'자 직업을 가지기는 이미 힘드니 내 평생 돈을 많이 벌 것 같진 않았다. 없이 자라며 하고 싶은 걸 많이 포기한 경험이 있었기에, 결혼해서 아이를 낳았는데 남편의 능력이 없으면 자식에게 나와 비슷한 환경을 물려주게 될 것만 같았다.

다행히 당시 남자친구였던 남편은 누구나 이름을 들으면 알만한 회사에 다니고 있었고, 시부모님도 경제적 능력이 있어 보였다. 비난을 감수하고라도 모든 걸 솔직하게 까발리는 것은, 이 글을 읽는 누군가는 나 같은 실수를 범하지 않기를 바라기 때문이다. 강수하가 나보다 훨씬 더 독립적일 수 있었던 것은 결혼하면서 양가에 아무런 도움도 받지 않고 '반반 결혼식'을 했으며, 계속해서 비슷한 연봉 수준으로 맞벌이를 했기 때문이기도 하다. 안타깝게도 많은 경우 결혼은 사랑만으로 성립하지 않는다. 만일 내게 좀 더 경제적 능력이 있었다면, 시가에서 경제적 지원을 받지 않았다면, 내 결혼생활은 지금보다는 훨씬 더 독립적일 수 있었을 것이다.

내가 결혼이란 걸 할 수 있었던 또 다른 이유는 어느 정도는 현실주의자였기 때문이다. 내가 세운 네 가지 조건을 모두 100% 만족하는 남자가 존재하지 않을 것이란 걸 인정하고 있었고, 행여 존재한다고 해도 그런 완벽한 남자 역시 나를 좋아해서 결혼하고 싶어 할 확률은 거의 없을 거란 것 또한 알고 있었다. 양심이 있다면 나만의 기준 네 개 중에 하나 정도는 포기해야 마땅하다. 당시의 그는 첫째, 둘째, 셋째 조건까지 어느 정도 충족했다. 과감하게 네 번째 조건은 포기하기로 했다.

꼭 훈훈할 필요는 없지 않은가. '훈훈한 외모'에서 '뽀뽀할 때 두 눈 질끈 감지 않아도 될 정도'로 타협하기로 했다. 얼굴 뜯어먹고 사는 것도 아니고, 웃을 때는 적당히 귀여운 구석이 있기도 했다. 그렇다. 나는 매우 양심적인 여자였던 것이다. 나 역시 김태희가 아니고, 신붓감 일등인 교사나 공무원이 아니니까.

25%를 포기하고 한 결혼, 그래서 지금 행복하냐고? 행복의 기준은 저마다 너무도 다르기에 뭐라 말하긴 어렵지만 내 기

준에서는 결혼해서 이전보다 특별히 더 불행해진 것 같지는 않다. 특별히 더 행복한 것 같지도 않지만. 어쩔 수 없는 비겁함 때문에 사회적 요구를 무시하지 못하고 노처녀 타이틀을 달기 전에 결혼했지만, 결혼생활의 복병 고부갈등 때문에 간혹 이혼을 생각하기도 했지만, 결혼 이전의 삶과 지금의 삶을 대차대조표로 적어본다면 아마도 비슷한 수준의 장점과 단점을 가지고 있을 것 같다.

자유로운 삶 대신 사랑하는 아이와 안정감을 얻었고, 대신 명절과 시가 스트레스를 얻었다. 화려한 자유연애 대신 (이혼하지 않는 한) 평생 한 남자랑만 살게 되겠지만, 쿵짝 잘 맞는 사이라면 그것 또한 나쁘지 않아 보인다. 물론 난 이미 해버린 상태에서 하는 말이지만, 만일 결혼이란 걸 할까 말까 고민하는 상태라면 한 가지만 깊이 생각해보라고 조언하고 싶다.

당신이 세운 배우자 조건에서 25%쯤 포기하더라도 행복할 수 있을까? 결혼할 땐 25%였지만 그 안에 들어가 보면 내가 포기해야 할 것은 50% 혹은 70%일지도 모르는데, 그래도 그 사람이랑 결혼하고 싶은가? 그 사람은 과연 50%, 70%를 만회할 만한 사람인가?

「놀면 뭐하니」를 같이 보며 킥킥대는 즐거움

가족 셋이 다정하게 널브러져 있던 어느 주말, TV를 켜자 장안의 화제 '싹쓰리'가 나왔다. 왕년의 요정 출신인 효리 언니는 20년이 지난 시간이 무색할 만큼 여전히 당당하고 멋졌다. 왕년의 핑클 팬이었던 남편은 핑클 카세트테이프를 듣고 또 들어 테이프가 주욱 늘어났었단다. 오호라, 내가 H.O.T. 장우혁 오빠한테 빠져 하트뿅뿅하고 있을 때 넌 핑클 보며 헤벌레하고 있었단 말이지. 당시 10대 여학생들 사이에선 H.O.T.와 젝스키스 양대 산맥으로 파가 나뉘곤 했다. 아무리 친한 친구들끼리도 에쵸티냐 젝키냐 얘기가 나오면 눈에 쌍심지를 켜고 자기 오빠들이 백배천배 낫다며 싸우곤 했다. 그 시절 여자 가수라면 당연히 S.E.S.와 핑클 이파전이었고, 이들은 각각 H.O.T.와 젝스키스와 같은 소속사라서 은근히 H.O.T. 팬들은 S.E.S. 언니들을, 젝스키스 팬들은 핑클 언니들을 좋아했다. 나는 '멋있으면 다 오빠, 예쁘면 다 언니'파라서 장우혁과 성유리 언니를 동시에 좋아하긴 했지만. 핑클 중에서 이효리를 가장 좋아했다던 남편, 효리 누나 이제 늙어서 별로라던 남편, 말과 다르게 입은 헤벌쭉하고 있는 거 본인은 아는지 모르겠다.

이효리와 비, 왕년의 대스타 두 명과 국민 MC 유재석이 만들어내는 케미는 엄청났다. 월드스타 비가 형, 누나한테 깨지고 당하는 모습도 웃기고, 복고풍의 옛날 노래와 패션 스타일도 인기에 한몫했다. 그들은 제2의 전성기를 누리듯 음원 차트를 휩쓸어버렸다. 인터넷상의 많은 팬들은 '싹쓰리'를 보며 너무 즐거우면서도 이상하게 슬픈 느낌이 든다고들 했다. 그들이 정상에 있었을 때, 가장 멋있고 젊고 빛났을 때가 이미 지나버려서 슬픈데, 그 슬픔의 원인을 생각해보자면, 내가 좋아했던 나의 우상이 나와 똑같이 나이 들어감을 보면서 요상한 애수에 사로잡히기 때문인 것 같다. 그 시절에만 유행했던 혼성그룹이 다시 나타나 부르는 그 시절스러운 노래는 30-40대의 가슴에 불을 지펴버린 것이다.

TV를 같이 보며 앉아 히죽히죽 웃고 있자니 동갑내기 남편이 이럴 땐 참 좋구나 싶다. 2004년 우리가 새내기 대학생이던 시절의 Top 100 노래리스트를 틀어도 그 시절을 이야기하며 같이 따라 부를 수 있고, 1998년의 노래를 틀어도 같은 시절을 떠올리며 노래 부를 수 있으니 참 좋다. 초등학생 시절 일요일 아침 8시에 하던 「디즈니 만화 동산」에 대해서도 같이 이야기할 수 있고, 일요일 오후 1시에 하던 「만화시리즈」에 대해서도 같이 이야기할 수 있다. 나는 「은비까비의 옛날옛적에」도, 「날아라 슈퍼보드」도, 「달려라 하니」도 다 재밌게 봤는데, 남편은 은비까비랑 배추 도사 무 도사는 최악이었단다. 무 도사 할아버지가 얼매나 귀여운데….

결혼 전 다른 연애를 하면서 나이 차이가 크게 나는 사람과 사귀어본 적은 없지만, 세 살 네 살만 차이가 나도 아주 미묘한 세대 차이가 느껴지면서 그 시절을 회상하면 말문이 막히곤 하던 때가 있었다. 지금의 남편이 남자친구이던 시절, 우리는 같은 대학을 나온 동기로서 같은 공간, 같은 시절을 보낸 친구로 서로 통하는 부분을 많이 느꼈고, (나만 느낀 것은 아니겠지?) 그런 장점은 이 친구(?)랑 평생을 함께 보내면 참 재밌을지도 모르겠다 생각했던 것 같다. 사람은 기억을 먹고

사니까. 즐거웠던 왕년의 추억들을 같이 얘기할 수 있는 사람이, 같은 시절을 공유할 수 있는 사람이 남편이 된다면 평생 대화만 해도 심심할 일은 없겠다고 생각했다.

'행복한 사람은 있는 것을 사랑하고, 불행한 사람은 없는 것을 사랑한다.'는 말도 있는데, 내가 가진 것이란 결국은 내가 가진 기억과 추억들이다. 여러 가지 계산과 그런 긍정적인 마음들 하나둘이 보태져 그 사람과 결국은 결혼까지 가게 되었는데…. 과연 그 결정의 결말도 좋을지는 좀 더 두고 봐야 알 것 같다.

사랑에 손익계산을 한 자의 비참한 최후

가슴에 손을 얹고 한 번 생각해보자. 지금 당신 옆에 있는 그 사람, 혹은 마음에 두고 있는 그 사람, 아무런 1%의 손익 계산도 없이 오직 불타는 열정, 그 어떤 것만으로 사랑하는가? 사랑 중요하지. 중요하고말고. 그 중요한 게 만약 존재하지 않았다면 인류는 진즉에 멸망했을 것이고, 이 세상은 금수들로 가득 차서 개판이었을 테다. 그렇지만 나는 인간이란 매우 이기적인 존재라고 생각한다. 어떤 특정한 사람을 사랑하는 것도, 그 사람을 위해 하는 어떤 행동도 결국은 나 좋으려고 하는 일이라 생각한다. 그러면 내가 행복하니까. 즐거우니까. 행여나 그 사람이 나를 힘들게 할지라도 그건 결국 나도 어쩔 도리가 없어서 그러는 것이니 뭐 어쩔 텐가.

대체 무슨 소리를 하려고 인간의 본성까지 들먹이나 싶을지도 모르겠다. 실은 남은 어떤지 잘 모르겠고, 나는 이기적이고 계산적인 인간이라서 평생 같이 살게 될 남편을 고를 때도 계산을 요리조리 해봤다, 이 말을 하고 싶었던 거다. 나만 이기적이 되고 싶진 않아서, 나만 속물이 되고 싶지는 않아서 요리조리 변명이 길어졌지만.

앞에서 언급한 바 있는 배우자감 조건 네 가지 중에서 하나를 버리고 세 개를 어느 정도 충족한 남편을 선택한 것이라고 말한 바 있다. 그 충족한 세 가지 중 하나로 어느 정도의 경제력 또는 미래에 나보다 돈을 잘 벌 만한 잠재력이나 능력을 들었다. 그런데 그렇게 속물적이고 이기적이고 반페미니스트적인 마인드로 남편감을 고른 탓인지 나는 두고두고 힘들었다. 남편이 실은 돈을 지지리도 못 벌었다거나 알고 보니 시부모님도 찢어지게 가난했다거나 그런 건 전혀 아니었다. 그저 남편의 능력에 기대어 좀 살아보려는 마음을 약간 먹은 것만으로도 나는 스스로 작아지고 피해의식에 젖고, 마음이 힘들어졌던 것이다.

우리는 법적 부부가 되자마자 외국에 나가 살 예정이었으므로, 그곳에서 나는 당분간은 백수로 지낼 예정이었다. 물론 집안일을 하긴 하겠지만 아이가 있는 것도 아니고, 둘이 사는 작은 아파트에서 해야 할 집안일이랄 게 그다지 많지 않기도 했다. 당분간은 해외 생활 정착을 위한 영어 수업을 듣거나 구직활동에 전념할 예정이었다. 사실 예비남편에게 미리 언급한 적은 없지만, 나는 새로운 땅에서 혼자만의 시간을 좀 가지며, 한국에서처럼 평범한 회사원으로서의 내가 아니라, 제2의 인생을 위한 준비 기간을 가질 수 있을 거로 기대하고 있었다. 일 년 뒤 한국에 잠시 들어와 결혼식을 할 예정이었기에, 최소한 그때까지는 아이를 가질 생각이 전혀 없었다.

그렇지만 막상 영국에 들어가 살다 보니 그곳에서의 외벌이 삶이 생각보다 녹록지 않아 빨리 일자리를 구해야만 했다. 일 년 가까이 신혼을 보내고 한국에 들어가서 사람들을 만나게 될 텐데, '남자 잘 만나 유럽에서 살며 팔자 핀 년' 같은 인상을 절대로 보이고 싶지 않았다. 그건 절대로 내가 원하는 나의 이미지가 아니었고, 실상도 그와 달랐으니 만약 누군가가 나를 그런 시샘 어린 눈빛으로 보기라도 한다면 억울하기마저 할 참이었다.

영국으로 떠나면서 그곳에선 한국어로 쓰인 한국 책을 구하기 어려울 거란 불안감에 책을 스무 권 정도 사서 들고 갔다. 친구 하나 없으니 그 외딴곳에서 집안일하고 이력서를 써서 보내고 나서도 시간이 넘쳤다. 하지만 왜인지 그 많은 책들은 읽히지 않았다. 하나를 읽기 시작해 끝장을 보기가 너무 어려웠다. 정신이 산만했다. 한국에 갈 날은 하루 이틀 다가오는데, 도저히 글자가 눈에 들어오지 않았다. 행여나 눈치 따위 없는 누군가가 '영국 사니 좋냐? 얼굴 좋아졌다! 이제 뭐 애나 하나 낳아서 키우면 되겠네?' 같은 소릴 할까봐 혼자 지레 겁먹었다. 결혼식 하러 가기 한 달 전 즈음 거의 다 된 것 같은 최종면접에서 떨어졌을 때는 진심으로 낙담했다. 아마 말은 안 해도 남편도 마찬가지였을 것이다.

아무튼, 그러는 통에 결국 결혼식 날짜가 닥쳐버려 한국엘 다녀왔고, 다시 영국에 돌아간 뒤부터는 남편의 '한국 돌아가고 싶다.' 타령이 시작되었다. 생각했던 것과 많이 다른 영국에서의 회사생활이 그를 힘들게 하고 있었고, 나의 계속된 구직 실패도 한몫하고 있었던 것 같다. 맞벌이의 가능성이 저 멀리 떠나가는 것 같고, 혼자 벌어 언젠가 아이까지 생기면 다 먹여 살릴 자신이 없어지니 남편으로서는 최선의 선택이었을 것이다.

남편은 한국의 일자리를 알아보며 영국 내에서도 이직 준비를 했고, 우리는 현실로부터 도피하기 위해 없는 돈을 그러모아 최저가 항공을 골라가며 유럽 여기저기를 여행 다녔다. 로마, 바르셀로나, 리스본, 비엔나 등등 좋은 곳이란 좋은 곳은 다 다니며 애써 영국에서의 괴로움을 잊고 유럽에 사는 좋은 점만 눈에 더 담으려고 애썼다. 그 1~2년 사이 둘이서만 다닌 유럽 여기저기의 여행 기억은 지금 돌아보면 너무도 좋은 추억이 되었다. 하지만 만일 그즈음의 어느 날로 시계를 되돌려 가본다면, 멍하니 컴퓨터 화면을 보며 새벽 6시에 출발하는 라이언에어 비행 티켓을 뒤지고 있는 우리 부부의 얼굴이 왠지 슬퍼 보일 것만 같다.

남편의 회사생활 스트레스와 향수병이 심해지자 불똥은 엉뚱한 곳으로도 튀었다. 맞벌이를 위해서 내가 영국에서 대학원 학위를 따거나 한국에 돌아갈 경우를 대비해 한국 공무원 시험 준비를 하라고 강요 아닌 강요가 시작된 것이다. 사실 남편에겐 미안하지만, 그 둘 중 어느 하나도 내 마음에 들지 않았다. 이기적이어서 거듭 미안하지만, 남편 네가 혼자 돈 벌기가 힘들다고 해서 내가 안 하고 싶은 일에 내 젊음과 시간을 낭비하고 싶지가 않았다. 내가 당장 영국에서 할 수 있는 일은 별로 없었고, 해외에서 원격으로 하는 결혼식 준비와 계속되는 구직 실패에 나 역시 지쳐있기도 했다. 그러는 중에 영국에 가면 최소 몇 달 정도는 앞으로의 내 인생에서 진짜로 하고 싶은 일이 뭔지 찾아보겠다는 최초의 다짐 같은 건 희미해지고 있었다. 그럴 마음의 여유 따위는 사라지고, 점점 작아지는 나만 남았다.

구직활동 초반에 한인 타운에 있는 한 한국여행사 지부에서 일할 기회가 있었다. 기대에 부풀어 면접을 보러 갔더니, 영어는 한마디도 쓰지 않고 오직 한국어로만 일하며 임신하면 그만두어야 한다고 대놓고 말하는 게 아닌가. 면접관은 나를 마음에 들어했지만, 나는 결국 그 일자리를 거절했다. 언젠가 나와 같은 젊은 새댁 직원을 뽑았다가 말도 없이 임신부터 해서 몇 달 만에 그만두었고, 그러면서 자기네가 엄청난 손해를 봤다는 식으로 말하는 것을 보고 정이 뚝 떨어져버렸기 때문이다. 거기 일하는 사람의 대부분이 여자였고, 면접관 두 명 중 한 명도 나이 든 여자였다. 나와는 일면식도 없는 그 여자를 면접 보러 온 나에게 험담하는 것을 보니 알 만한 곳이란 생각이 들었다. 영국 런던의 좁은 한인사회에서 나처럼 그런 작은 한국회사의 해외 사무실에 일하러 간 여자들이란 어떤 사람들인지 빤했다. 나처럼, 해외 주재원은 아니지만 그 나라에 어쩌다가 취직한 어중간한 처지의 남편을 두

었거나, 본인이 영국 대학 이상 학위가 없거나, 영어가 부족해 어찌 되었건 영국 회사에서는 일하지 못하는 수준의 여자였을 거다.

그 선진국이라 불리는 나라 안에 있는 아주 작은 한국 이민자 사회, 그 안에 있는 작은 회사의 여성을 대하는 그 구시대적 자세라니. 그 면접관의 험담을 들으며 마치 70~80년대처럼 촌스러운 인테리어의 사무실에 앉아있자니 아주 비현실적인 기분이 들었다. 나는 분명 한국보다 훨씬 잘 살고 선진국이라 여겨지는 나라에 와서 살고 있는데, 이 사무실만은 그 안에 존재하는 외딴 섬처럼 몇십 년 전의 시대를 답보하고 있었던 것이다.

나는 배우자감을 고르며 이 남자와 결혼하면 이득인지, 손해인지 같은 조건을 따지지 말았어야 했다. 설사 조건을 따지더라도 그런 이기적이고, 수동적이며 의존적인 조건은 내 목록에 넣지 말았어야 했다. 나는 온전히 내 능력만으로도 혼자서 외국에서 살 수 있는 상태로 그를 만나 사랑하고 결혼했어야 했다. 꼭 결혼이 아니더라도 진짜로 사랑했다면 함께 할 수 있는 방법은 많았을 것이다. 그런 것에 대해서 좀 더 신중했어야 했다. 그랬다면 미래를 함께할 방법에 대해 좀 더 시간을 두고 함께 고민하며, 내가 영국에서 제대로 된 일을 할 수 있는 공부를 한다든지 다른 준비를 한 뒤에 그때의 나보다 훨씬 독립적인 나로 살아갈 수 있었을지도 모른다. 그랬다면 한국에 돌아오게 되었을 때 몇 년의 공백이 이렇게 길게 이어지지 않았을 것이고, 한국에서도 다시 커리어를 이어나갈 수 있었을지도 모른다.

물론 이제 와서야 뒤돌아보니 그런 일련의 일들 또한 내가 고난을 겪은 후, 결국 글 쓰는 일을 하게 된 계기가 된 것이 사실이다. 하지만 그것은 어디까지나 결과론적으로 이제 와서 끼워 맞춘 것이다.

그러니 여성들이여, 결코 나와 같은 허황하고 바보 같은 결정을 하지 말기를. (혹은 이것은 어리석은 자의 뒤늦은 깨달음이라기보다는 속죄와 반성에 가까울지도 모르겠다.) 남자는 절대 나의 구원이 되어주지도 않았고, 어떤 사람에 기대어 살고자 하는 마음을 가지면 그때부터는 온전한 나를 찾는 방법은 조금씩 잃어버리게 될 것이다. 일단 나 하나로 혼자 서기를 조언하고 싶다. 사랑은 오직 사랑하는 마음 그 자체로만 순수하게 남겨두자.

길들일 수 있을 것 같았던 남자

이기주의란 내가 원하는 대로 사는 것이 아니라, 타인에게 내가 원하는 방식으로 살라고 요구하는 것이다.
Selfishness is not living as one wishes to live, it is asking others to live as one wishes to live.

- 오스카 와일드

나는 전 남자친구이자 현 남편인 그를 보며 내 맛대로 길들임이 가능한 성정을 가진 온순한 남자일 것으로 판단했었다. 그것은 큰 오산이었다. 그와 나는 한강 이남 최고의 대학이라 불리는 모 대학을 졸업했다. 물론 그 명성은 내가 입학도 하기 훨씬 전의 일이었고, 나는 교대도 못 가고, 영어교육학과도 못 가서 영문과에 들어갔다. 뼈아픈 진실이지만 그렇다.

가난하고 별다른 경험 없이 살아온 나의 어린 시절에 비추어 볼 때 최고의 아웃풋이었고 나도 만족한 결과였다. 반면에 남편은 자신의 고3시절 모의고사 성적이 소위 SKY 점수였다고 뻥카를 쳤다. 수능을 완전 말아먹어서 나의 최고 아웃풋이자 자부심인 대학에 할 수 없이 입학했다고 했다. 재수는 죽어도 하기 싫고, 본가에서는 나와서 살고 싶어서 멀리까지 왔다고 했다. 다만 그것이 정말 진실인지는 확인할 수가 없을 뿐이다. 시어머니가 그렇게도 매번 나를 들들 볶으시는 게 서울대 갈 뻔했던 본인 아드님과 나의 레벨이 다르다고 생각하셔서일까.

아아. 갑자기 현타(현자타임)가 온다. 그 생각은 지금 처음 해봤다.

백번 양보해서 남편의 말과 시어머니의 생각이 진실이라고 받아들여도, 결국은 너랑 나랑 결혼했으니 같은 레벨이라는 뜻이다. 본인이 대학 시절 수많은 여자 학우들과 후배들의 대시를 받았다고 뻥카를 치고 다니는데, 그 말을 인증해 준 동기 남자 놈도 도긴개긴이라 도저히 그 말을 믿을 수가 없다. 그렇게 따지면 나는 ○○대 여신이었다. ○○대에 여신이 358명쯤 있었다는 전제하에.

또 삼천포로 빠졌는데 SKY 갈 뻔했다던 이 남자를 내가 너무 만만하게 본 것일까. 흔한 가부장의 외동아들로 태어났지만, 나와 같은 가난한 어린 시절을 보냈다고 했다. 언젠가부터 시부모님의 사업이 활짝 피어 그 뒤로는 하고 싶은 것은 다 하고 풍족하게 살았다고 했는데. 우리의 차이는 결국 돈에서 비롯된 것일까.

나는 작가가 되기 전까지는 우물 안 개구리로만 살았다. 가난으로 인한 피해의식은 있었으나 밖으로 표출하지 않았다. 겉으로만 보면 차가운 도시 여자, 또는 도도한 아줌마로 보인다고들 했다. 친한 친구들은 제발 입만 열지 말라고는 했지만. 소개팅 나가면 걸걸한 목소리로 허허헛 웃지 말고, 사투리 쓰지 말고, 그냥 남자 말에 대답만 하라고 했다. 만약 그랬다면 지금쯤 돈 많은 남자 옆에서 고부갈등 안 겪고, 손에 물 한 방울 안 묻히며 공주처럼 살고 있을까?

이 자기밖에 모르는 외동아들의 아이콘, 대학 동기들 사이에서 이기주의자의 아이콘으로 불리는, 자기가 진짜로 이 정도면 괜찮은 줄 알고 한평생 살아온 이 남자. 나는 도대체 무슨 자신감으로 그를 구워삶아 내가 원하는 맛대로 바꾸어가며 살 수 있으리라 생각했던 것일까. 어찌하여 결혼 7년 차가 된 지금에야 그딴 일은, 사람을 내 맛대로 바꾸어 데리고 사는 일은 불가능한 것임을 알게 되었을까. 애초에 그런 마음을 가지고 결혼을 하는 것은 그냥 반려동물을 데리고 사는 것과 다름없는 일일 텐데, 나는 왜 그런 한심하고 불온한 생각을 품은 것일까.

그것은 아마도 언젠가는 작가가 되고 싶다는 꿈 때문이었을 것이다. 그렇게 나는 변명한다. 나보다 돈 잘 벌 가능성이 높은 남자, 친정보다 경제적 여유가 있는 시가, 내가 그를 좋아하는 것보다 나를 더 좋아해 줄 남자이자 남편, 내 말에 토 달지 않고 이것저것 해주고 언제나 내 편이 되어줄 남편. 이 조건들을 충족한다고 생각하고 그를 선택했던 것이다.

망할. 그런데 지금 보니 다 꽝이었다!

돈은 그다지 많이 못 벌어도 내가 벌면 되는 것이었고, 결혼할 때 돈이 없으면 그냥 없는 대로 둘이서만 시작해야 했다. 뭐 영국에서 신혼을 보냈으니 실질적으로 시가의 도움을 받은 것은 없었다. 그때엔 남편이 월세아파트 보증금을 대고, 내가 혼수 명목으로 목돈을 가지고 영국에 들어가 가구 등을 샀으니, 반반결혼이 맞았다. 문제는 갑자기 한국에 들어오면서 급하게 살 집이 없다는 것이었다. 우리 둘뿐이었다면 월세 원룸도 가당치 않은 경제적, 정신적 상황이었지만, 젖먹이가 있었기에 나는 시가의 지원을 받을 수밖에 없었고, 그때부터 전쟁과 공포와 눈물과 우울증이 시작된 것이다.

이 남자는 무엇보다 말이 안 통했다. 아이러니는 남편도 나에게 같은 말을 했다는 것이다. 생각해보면 당연하다. 한쪽이 안 통하면 당연히 상대방도 안 통하는 것은. 말이 통하도록 하기 위해 만 6년을 싸워댔다. 동갑이고 사귀기 이전부터 9년을 서로 갈구며 놀았던 친구이니, 얼마나 싸워댔는지는 말로 다 못 한다. 나는 내가 잘났고, 본인은 본인이 잘났다. 나는 페미니스트이고, 본인은 그런 거는 먹고살 만해야지 하는 거라고 했다. 한편으로는 가장으로서의 책임감을 이해해주지 못해서, 그 어깨의 짐을 나누어 지지 못해서 미안하긴 했다. 또 돈 모으는 개념 없이 그저 열심히만 살았던 나를 그는 이해하지 못했다.

그런 충돌점이 이곳저곳 여기저기 마구마구 터져 나왔다. 아이가 생겼으니 육아 문제가 플러스되었음은 말할 것도 없다. 거기다가 이미 책 한 권이 되어 나온 나의 빡치는 막장 고부갈등 문제로 우리는 죽으라고 싸웠다. 지금의 나는 시어머니랑도 싸운다. 남편 말을 빌리자면 아주 그냥 싸움닭이 다 되었다. 옛날엔 그렇게 못했다. 이제 할 말은 다 해버리니 속은 시원하다.

제길, 또 삼천포로 가는 중이었던 걸까. 이천포쯤 온 것 같아서 다시 주제로 돌아가기로 한다. 그리하여 진부한 말로 '길들일 수 있을 것 같았던 남자'라는 신분에서 '죽어도 말이 안 통하는 놈'이 되었다가, 만 6년의 전쟁을 거치고 우리는 결혼 7년 차가 되었다. 그리고 마침내 우리는 서로를 포기했다. 아니, 각자의 다름을 인정하고 받아들이고 그것조차 사랑하고 지지해주기로 했다. 최소한 나는 그렇게 노력하고 있다. (너도 그렇지?)

물론 지금도 쉴 새 없이 싸운다. 며칠 전에도 싸웠다. 한쪽이 베개와 이불을 껴안고 안방 문을 쾅 닫고 나와 소파에서 잠을 청하기도 한다. 기분이 좋아 와인잔 부딪치며 짠! 하다가도 어디 한 가지에 핀트가 상해 눈물 줄줄 흘리며 치고받고 싸운다. 하지만 이제는 안다. 우리는 결국 또 화해할 것임을. 그리고 이것이 사랑인 줄은 모르겠지만, 의리인지 애증인지 모를 그 어떤 감정으로 최선을 다해 '함께' 살아갈 것임을.

결혼은 정말이지 미친 짓이다. 한 인간과 인간이 만나 죽을 때까지 죽을 둥 말 둥 치고받고 싸우려고 하는 것이 바로 결혼이다.

이혼하고
싶어
때마
보는

Chapter 2

결혼은 현실

혹은 미친 짓

결혼이란 얼마나 야릇한 제도인가.

인류를 두 진영으로 나누어

한쪽엔 남자, 다른 한쪽엔 여자를 배치해서 각 진영을 무장시키고는

이제 그들을 합류시키며 "평화롭게 살아보라!"니.

- 에밀 졸라

TMT(투머치토커)와 키보드워리어의 만남

행복한 결혼생활에서 중요한 것은 '서로 얼마나 잘 맞는가'보다 '다른 점을 어떻게 극복해 나가는가'이다.

- 톨스토이

한마디로 정의해서 남편은 야구선수 박찬호 같은 투머치토커, 나는 말보다는 글로 조져버리는(?) 키보드워리어이다. 이렇게나 다른 두 남녀가 결혼까지 골인하게 된 과정에 대해서는 책의 제일 첫 부분에서 이미 말했고, 이번에는 그 이후에 결혼해서 사는 과정에서 서로가 어떻게 서로의 다름을 받아들였는지, 그 과정이 얼마나 험난했는지 말해보려고 한다.

우리는 2013년 가을에 먼저 법적으로 부부가 되었고, 연말에 영국에서 신혼생활을 시작했다. 그리고 1년 뒤 2014년 가을에 잠시 한국에 나와 결혼식을 올렸다. 그러니 우리가 같이 살기 시작한 지는 이미 만 7년을 넘었다. 7~8년 차 부부라면 대략 한번쯤은 권태기를 겪었을 가능성이 크다. 아이를 한둘 낳은 부부는 전투육아로 다져진 기간 동안 '남녀'에서 '육아동지'로 지위가 변경되어 버리는 부부가 많다. 주변의 부부들을 보면 대개가 그렇다는 말이다. 그런 보통의 예시에 비하면 우리는 꽤 괜찮은 사이를 유지하고 있는 편이다. 이틀에 한 번꼴로 뽀뽀도 하고, 다퉈서 냉전 중이 아닌 경우에는 수시로 스킨십을 한다. 간혹, 그래서는 절대 안 되지만, 아이 앞에서 다투기도 하지만 금방 화해하는 편이다.

나는 7년 차가 된 최근에야 우리의 관계가 안정되었다고 아주 조금씩 느끼기 시작했다. 뒤집어 말하자면 지난 6년은 끝없는 다툼과 갈등과 고난의 연속이었다는 뜻이다. 서로의 머릿속 체계가, 그래서 생각하고 말하는 방식이 얼마나 다른지, 중요하다고 생각하는 것이 얼마나 다른지, 좋아하고 싫어하는 것이 얼마나 다른지, 이제야 받아들이고 이해하기 시작한 것이다. 상대방을 나의 기준에 적합한 배우자로 만들기 위해 노력했던 지난 시간들이 헛된 시간이라고 느껴지면 이제 더는 싸움을 할 필요가 없다. 우리는 줄기차게 싸우면서 이제야 아주 조금씩 터득하게 된 것이다. '너'는 '내'가 아님을, 너를 내가 원하는 입맛대로 바꿀 수 없음을, 그렇게 해서도 안 된다는 것을. 보통의 부부들이 우리 기준에서 들인 이 만 6년 정도의 시간을 제대로 겪어내지 못해서 돌이킬 수 없는 강을 건너거나 평생을 쇼윈도 부부나 그저 육아동지처럼 지내기도 하는 것이다.

사랑해서 결혼한 한 쌍의 남자와 여자가 그저 자식의 엄마, 아빠로만 산다면 그것이 무슨 의미가 있겠으며 어찌 행복할 수 있을까? 아무리 자식이 큰 기쁨을 준다고 해도 그것은 반쪽짜리 행복이고, 그런 부부 사이에서 자란 아이 또한 부부라는 관계의 조합에서만큼은 어떻게 행복해지는 것인지 배우지 못할 수 있다. 물론 그렇다고 해서 한 부모 가정이나 조부모 가정에서 자란 아이가 무조건 엇나간다는 것은 아니다. 무슨 말인지 똑똑한 독자님들은 이미 아실 것이다. 지금 주제는 그것이 아니므로 오해를 막기 위한 변명은 접어두기로 한다.

다시 원래 주제로 가서, 남편은 말이 많은 편이다. 한 가지 문제라면 내가 항상 지적하곤 하는 것인데, 무언가 나에게 말해주고 싶거나 나를 관철시키고 싶은 것이 있으면 구구절절 그 주변 상황과 예시를 말하고 나서 정작 하고 싶은 말을 항상 마지막에, 미괄식으로 한다는 것이다. 그러면 나는 그 중간 어디에선가 주의력을 잃고 멍하니 있거나 휴대전화를 뒤적거리기도 하게 되는데, 그러면 또 그 부분에 남편은 섭섭해 하거나 화를 내게 되는 것이다. 남편의 그런 말습관을 알게 된 요즘에는 남편이 또 어딘가에 좌초해서 구명보트를 타고 저 멀리 떠내려가는 중인 것 같으면 단도직입적으로 말해준다.

"여보, 그래서 하고 싶은 말이 뭐야?"

그러면 남편도 머쓱해 하며 주섬주섬 구명보트를 끌고 돌아와 본 배에 싣고선, 하려던 말의 핵심을 이야기하는 것이다.

또 남편은 퇴근하고 돌아오면 함께 저녁을 먹으며 내가 조잘조잘 그날 있었던 일을 말해주길 바랐다. 그러면서 하루 중 자신에게 있었던 일도 이야기하고, 그렇게 서로의 하루를 나누기를 바랐다. 하지만 나는 오랜 시간 동안 그의 의도를 잘못 파악했다. 긴 시간 동안 전업주부로 또는 파트타임 일만 하며 반 전업주부로 살면서 나도 모르게 피해의식이 생겼던 것 같다.

'아니, 내가 오늘 집에만 있었던 거 알면서 저러는 건가? 자기 회사에서 일할 동안 나 누워서 TV나 본 걸 말하라는 건가?'라고 지레 오해하며 재빨리 두뇌를 회전시켜 약간의 거짓말을 보태서 바쁘게 지냈다고 이야기하거나 서둘러 그 주제를 마무리해버리곤 했다. 그러면 또 남편은 서로 이야기가 너무 없다며 아쉬워하거나 서운한 기색을 내비치곤 했는데, 그런 서로 간의 오해가 몇 년이나 이어지곤 했다. 그리고 이제야 상대방의 의도를 잘못 해석하지 않게 된 것이다.

내가 키보드워리어라는 것은 내가 어른이 되고부터 무의식중에도 늘 작가의 꿈을 가지고 있었다는 것을 시사하기도 한다. 나는 남편과 달리 말하는 것을 즐기지도, 잘하지도 못했다. 그런데 책 읽는 것은 좋아했고, 글을 잘 쓰는 사람이 늘 부러웠다. 대학생 때는 신문기자가 되고 싶어 잠시 언론고시 준비를 하기도 했다. 결국은 에세이 작가가 되었지만, 언젠가는 장편소설과 드라마 시나리오도 써보고 싶다. 내가 글을 잘 쓰고 싶었던 건 말을 잘하지 못한 데서 출발했다. 내 머릿속에 있는 수많은 생각을 잘 표현하고 싶은데 말로는 도저히 그게 안 되는 거다. 그래서 10여 년 전부터 책과 영화에 대한 리뷰를 블로그에 쓰기 시작했다. 처음에는 한 줄 두 줄, 한 문장 두 문장으로 내 마음을 제대로 표현하는 것조차 힘들었다. 하지만 그런 일상적인 글쓰기가 진짜로 일상이 되기 시작하자 글쓰기가 점점 재밌고 어렵지 않게 되었다. 마침내 이제는 글이 아니고서는 나를 표현하기 힘든 지경이 되었다.

아직 글로 내 마음을 다 표현할 만큼 필력이 좋은 것은 아니지만, 최소한 한 문장을 쓰기 위해 타자기 위에서 초조한 듯 손가락을 탁탁 떨며 괴로운 것은 아니다. 이제 나는 글을 쓰기 위해서 그저 블로그나 한글 프로그램을 켜놓고 키보드 위에 손을 얹어놓기만 하면 된다. 그러기 위해서 10년이 걸린 것이다.

멋진 글을 쓰는 것과는 별개로 일단 나를 제대로 표현할 수 있는 나만의 수단을 갖게 된 것이다. 그리하여 나는 각종 SNS를 하며 키보드워리어로서의 기질을 마음껏 뽐낼 수 있게 되었다. 다른 사람을 웃기고 싶은 개그본능이 몸속에 꿈틀거리는데, 대면하고는 차마 그 기질이 제대로 발현되질 않는다. 하지만 위트 있는 댓글이나 글로 사람들을 웃기게 되었다. 그리고 그것은 나에게 큰 만족을 주었다.

이런 나의 성향과 재능을 남편이 인정하고 나를 있는 그대로 이해하고 받아주기까지 역시 나처럼 꼬박 만 6년이 걸린 것이다. 나는 하고 싶은 일이 떠오르면 반드시 그때 해야 한다. 새벽 3시라도 일어나 머릿속에 떠도는 생각을 글로 정리해야 잠을 잘 수 있다. 3일 밤낮을 지새우다시피 한 상태라도 그것을 끝내야지만 침대에 누워 꿀잠을 잘 수 있다. 남편은 일신상의 큰 문제나 고민이 없는 한 베개에 머리를 대자마자 잠드는 남자이다. 그런 평범한 남자가 이런 비범하고 예민한 아티스트적 감수성을 가진 나라는 대단한 여자를 어찌 이해할 수 있었겠는가. 핫하하. 그나마 남편이 머리가 똑똑한 편이라 6년밖에 걸리지 않은 것이라고 칭찬해주고 싶다. 다시 말하는데 칭찬 맞다.

그리하여 투머치토커와 키보드워리어는 같이 산 지 7년 차가 되어서야 행복하게 여생을 보낼 수도 있는 수많은 방법 중 하나를 터득했다. 그것은 그냥 서로 다름을 인정하고 이해하게 되는 여정이었고, 참말로 험난했다. 하지만 투머치토커와 키보드워리어라는 기질은 우리가 가진 수많은 기질 중 하나일 뿐이다. 나머지 것들은 아직 발견해가는 중이다. 어차피 같이 사는 동안 상대방의 모든 것을 알 수는 없다. 왜냐하면 한 사람은 바로 하나의 우주라, 나 역시도 나 자신이라는 우주를 모두 탐험해보기가 웬만큼 비범한 사람이 아니고서야 불가능하기 때문이다.

'나의 우주 구석구석을 알아내고, 가뿐하고 행복한 마음으로 이 세상을 떠나는 것.'

그것이 내 인생의 목표이다. 나 자신이라는 우주에 대해서 제대로 아는 것. 나의 이런 성향을 남편이 더 잘 알아주고 지지해주면 좋겠다. 그러면 나는 우주 탐험을 마음껏 할 수 있게 지원해준 대가로 (언젠가 될) 베스트셀러 작가의 풍족한 인세를 기꺼이 그와 나눌 것이다.

생각지 못한 복병, 고부갈등

이제 와 토로하건대 나는 결혼을 생각하면서 고부갈등이라는 것에 대해 생각조차 해보지 않았다. 일단은 결혼 후 바로 남편의 직장이 있는 영국으로 건너가 살 계획이었고, 행여 시어머니나 시아버지가 시집살이란 길 시킨대도 가끔 하는 전화나 1~2년에 한 번 한국에 들어갈 때만 뵈면 될 터이니 그 부분에서 나는 자유로우리라 생각했기 때문이었다. 그것은 명백한 오산이었다. 전화 통화만으로도 시어머니한테 스트레스를 받을 수 있다니! 일 년에 한 번, 한국 가서 며칠 뵙는 게 다인데도 나는 시부모님에게 극도의 스트레스를 받게 되었고, 친정이고 일 년 만에 만나는 친구들이고 나발이고 시어머니가 없는 영국 집으로 돌아갈 날만 세고 있는 나를 발견하게 된 것이다. 그리고 덧붙여 말하건대, 인생은 결코 내 뜻대로, 내가 계획한 대로 흘러가지 않나니…. 나 역시도 시부모님과의 갈등이 싫어 평생 외국에서 살고 싶었으나 결국 한국에 돌아오게 되었고, 그 이후의 상황들은 상상을 초월하는 막장 드라마였다.

많은 여자들이 사랑에 눈이 멀어 이 남자와 평생을 살겠노라 다짐하며 결혼이란 것에 겁도 없이 뛰어들 때 한 가지 간과하는 것이 있다. 정말이지 안타깝게도 결혼생활이라는 것이 사랑해 마지않는 그 남자와 둘이서 영원히 알콩달콩 아이도 낳고, 행복하게 사는 것이 전부가 아니라는 사실이다. 그 소박한 꿈은 신혼여행을 다녀와 시가에 인사드리러 가거나 첫 명절을 맞아 시가에 갔을 때 와장창 깨지기 마련이다. 남자친구가 남편으로 신분이 변하면서 뒤따라오는 수많은 것 중에 가장 큰 것이 시부모님이라는 복병이다.

아, 그 어떤 여자라도 남자친구의 "우리 엄마는 안 그래. 엄청 좋은 분이셔." 또는 "우리 집은 제사 안 지내." 같은 사탕발림에 속아 넘어가지 않기를. 아무리 좋은 시부모님, 친정부모 같은 시부모님이라 한들 그분들은 결코 나를 정말로 딸처럼 대하지 않으며, 어느 순간에선가 혼자 상처받는 순간이 올 수밖에 없음을. 그것을 알고 결혼하는 것과 장밋빛 꿈만 가지고 결혼하는 것은 천지 차이임을….

고부갈등이라면 치가 떨리게 겪어 날밤을 새우며 말해도 모자란 나로서는 시부모님이 그런 분들인 줄 결혼 전에 알 수만 있었다면 절대 결혼하지 않았을 것이다. 마음의 상처가 너무 커져 자존감을 갉아먹고 결혼생활이 위태로울 지경이 되자 나는 그것을 쏟아낼 수밖에 없었다. 결국 그 엄청난 고부갈등 에피소드들은 한 권의 책이 되어 세상에 나왔다. 책을 읽은 지인들은 세상에 그보다 더한 시부모님은 보지 못했다며 나를 위로했다. 지금에야 결혼한 지 7년 차가 되어 웬만한 시어머니의 막말은 한 귀로 흘려듣고, 어느 정도 대처법도 터득해서 신참내기 며느리이던 시절보다 상처는 덜 받는다 치자. 하지만 세상 어디에도 나를 깎아내리고 내 부모를 깎아내리는 모진 말에 상처받지 않을 사람은 없다. 그 험한 말을 하고 나를 울리는 것이 내가 사랑해서 결혼한 남자의 부모님이고 내 아이의 할머니, 할아버지라니. 그 아이러니를 어찌 이해해야 한단 말인가.

친한 친구 중 하나는 어렵게 가진 외동아들 하나를 키우고 있는데, 우스갯소리로 그 아들이 군대 가는 상상만 해도 눈물이 나고, 커서 여자친구랍시고 데려올 생각만 해도 그 여자 싸대기를 날리고 싶단다. 딸이 남자친구라고 데려올 미래의 사윗감을 생각하며 싸대기부터 날리는 상상을 하는 엄마는 얼마나 될까?

'사바사(사람 by 사람)'라는 만고의 진리처럼, 아들 가진 엄마/아빠, 딸 가진 엄마/아빠를 모두 위와 같이 단정할 수는 없고, 오히려 반대의 경우도 많다. 친구도 분명 절친한 나에게 우스갯소리를 한 것이리라.

서구의 일부 나라에선 고부갈등보다 장서갈등이 더 무섭다는데, 동양권이나 우리나라에서 고부간 갈등이 이리도 불거지는 이유를 대체 어디에서 찾아야 할까?

우리 어머니 세대는 굳건한 가부장제도 아래에서 온갖 차별은 다 받고 자랐지만, 여성의 사회적 진출은 점점 늘어나기 시작할 때 젊은 시절을 보냈다. 그런데도 여전히 딸/엄마/아내/며느리로서의 온갖 도리와 희생을 강요당한, 알고 보면 정말 불쌍한 세대의 여성들이다. 고생하며 집안일하며 시부모 모시고, 애 둘 셋 낳아 뼈 빠지게 온갖 뒷바라지도 다 하며 키워 장가보내고 나니 그 아들이 낼름 젊고 예쁜 '며느리의 남편'으로 180도 돌변해버렸다. 시어머니는 자신이 해온 모든 희생을 당연하게 거부하려고 하는 새로운 여성상인 며느리가 아니꼽고, 한편으로는 그 당당함이 부럽다. 아들에겐 야속함을 느끼고, 심지어 '시아버지는 며느리 편'이라고 평생 자신을 부려먹은 가부장제의 화신인 남편마저 어느새 며느리 편이 되어있다. 한없는 서러움과 미움과 갈등의 출발점이다. 고부갈등이란 가족 안에서 일어나는 내부 문제인 듯 보이지만, 근본적으로는 여성의 사회적 지위 상승, 여전히 남아있는 가부장제의 그늘, 가치관의 변화, 핵가족화 등등 대한민국 사회의 문제들이 복합적으로 얽혀있는 오늘날 현대사회 문제의 총체이다.

그 엄청난 것을 쉬이 보고 결혼이란 것에 뛰어들었다간 내꼴이 나고 마는 것이다. 만일 그대가 아무런 간섭도 없고, 정말 친정 부모님 같고 천사 같은 시부모님을 만났다며 자신은 해당 사항이 없다고 한다면 할 말이 없다. 당신은 전생에 나라를 구했으리라. 그러니 불난 집에 부채질하지 말고 조용히 있어 주면 고맙겠다. 다만 결혼을 앞두고 있거나 언젠가는 결혼할 생각이 있는 수많은 미혼 여성에게 일러두고 싶다. 그런 행운은 쉽게 찾아오지 않으니 마음 단단히 먹어두라고. 결혼은 고부갈등 그 하나만 보더라도 미친 짓이 맞다. 그래도 옆에 있는 그 남자를 격렬히 사랑해서 어쩔 수 없다면 말리지는 않겠다. 똥통에 빠져보지 않고서는 그것이 똥인지 된장인지 모를 테니.

저런 놈이 내 남편이라니!

최근의 어느 날이었다. 남편과 문자메시지를 주고받으며 저녁 메뉴를 결정하고 있었다. 인터넷에서 맛집으로 검증받은 감자탕 집에서 포장해 와서 먹기로 한 것이다. 그가 퇴근하는 지하철역 근처에 그 식당이 있기에 미리 전화 주문을 해놓고 차로 내가 음식을 픽업하러 간 김에 남편까지 태워 집으로 오는 멋진 계획까지 세웠다. 하루 종일 재잘대며 열심히 논 아이를 저녁 7시 다 되어 차에 태웠더니 낮잠 아닌 낮잠에 빠져버린 것만 빼면 완벽한 계획이었다. 잠깐 단잠에 빠졌다 일어나면 에너지 풀충전이 되어 밤늦게까지 깨어있겠지만, 감자탕에, 뼈찜에, 찹쌀순대까지 들어있는 세트음식의 훌륭한 맛은 모든 것을 잊게 해주었다.

문제는 그 이후에 일어났다. 평소라면 내가 설거지를 하는 사이 남편이 아이를 씻기거나 그 반대지만, 오늘따라 피곤함을 호소하던 남편을 위해 오늘은 내가 둘 다 하리라 마음을 먹고, 소파에 널브러져 있는 남편을 애써 모른 척하며, 식탁을 정리하기 시작했다. 아이는 조금 있다가 씻길 요량으로 목욕 장난감들과 함께 욕조에 풀어놓았다. 최소 20분은 조용히 혼자 놀 참이었다. 포장음식이라 간단하게 정리할 수 있을 거라 생각한 것이 오산이었다. 여러 가지 세트음식에 각종 김치에 소스까지 모두 애매하게 음식들이 남아서 죄다 밀폐용기에 옮겨 담고 음식물 쓰레기를 정리하고, 아이 식기며 설거지 거리를 싱크대에 담그기까지 한참이 걸렸다.

오늘은 남편을 편하게 쉬게 해 주리라던 다짐이 슬금슬금 무너지기 시작하며 한숨이 새어 나왔지만, 그는 여전히 소파와 합체한 채 오늘만은 꼼짝도 하지 않겠다던 집념을 보여주었다. 겨우 정리를 마치고 나니 예상과 다르게 싱크대 가득 찬 그릇들을 씻을 체력이 모두 사라진 뒤였다. 조금만 쉬다가 하거나 혹은 미뤄뒀다 내일 아침에 내가 할 거긴 한데, 아무튼 잠시만 앉아 쉬고 싶었다. 나는 거실로 가서 남편 맞은편에 앉았다. 어쩌다 그 얘기가 또 그리로 튀었는지는 모르겠다. 우리는 갑자기 또 간혹 싸우곤 하는 아주 사소한 지점을 가지고 언쟁을 벌이고 말았다.

이 집에 이사 오기 전 집에선 식기세척기가 빌트인 되어 있었기에 설거지 문제로 싸울 일이 없었다. 우리는 설거지를 '네가 해라, 내가 해라.'로 싸우는 게 아니었다. 남편은 내가 설거지 거리를 싱크대에 쌓아둘 때 음식 찌꺼기나 양념들을 애벌로 깨끗이 헹구지 않아서 양념 범벅이 된 물이 둥둥 떠다니는 걸 보는 게 너무 싫다고 했다. 언젠가는 물을 받아두지 않아서 양념이 굳어버려 자기가 설거지할 때 너무 짜증이 났다고 하기에 그 뒤로는 꼬박꼬박 그릇에 물을 풀어 두었건만. 이번에는 양념이 떠다니는 게 싫단다. 나 같으면 그런 사소한 걸 지적질할 바에는 그냥 내가 하겠다 싶었다. 하지만 본인은 내가 살림하는 것 무엇에서도, 아이 양육 문제에 있어서도 단 한 번도 지적한 적이 없는데, 오직 그것 하나만은 참을 수가 없단다.

누가 보면 엄청난 청결보이 납신 줄 알겠다. 다른 모든 영역에서 청결지수가 나보다 떨어지는 것 같은데, 유독 그것만 집착하고 지적을 하니 나는 열이 뻗쳐버렸다. 그는 언쟁을 벌이다 말고 기어코 싱크대로 가서 내가 어느 정도로 양념을 헹궈 쌓아두었는지를 확인했다. 다시 다가와서 잔뜩 뿔이 나 있는 내 면전에 대고 "이것 봐라. 내 그럴 줄 알았다."를 시전하는데. 와. 놔. 저걸 내 남편이라고 여태 데리고 살았나 싶었다.

집안일을 평소에 전혀 안 한다거나 사사건건 살림에 간섭하는 게 아니니, 굳이 저것에만 집착하는 것이 오히려 나는 더 이해가 안 되었다. 그런데 또 본인 입장에서는 자기가 다 딴지 거는 것도 아닌데, 그것 하나만 싫다는데 너는 그거 하나도 못 고쳐 주냐고 난리다. 뭐 틀린 말은 아니다. 근데 그렇게 따지면 목욕하러 들어가면서 뱀 허물 벗듯이 옷이랑 속옷 좀 벗어두지 말라고 수백 번 말했는데, 그 사소한 요청을 본인은 얼마나 잘 지키는지 모르겠다. 쓰고 난 축축한 수건은 세탁하기 전까진 좀 말리고 모아둬야 냄새가 안 나니 다시 베란다에 좀 널어두라는데 그것도 안 지킨다. 그걸 걸고넘어지자니 설거지 문제랑 그건 별개인데 왜 끌어 들이냔다. 음, 그렇긴 하지만 나는 왠지 지기가 싫어서 이것저것 다 걸고넘어진다. 마침내는,

"그깟 설거지 그냥 앞으로 밥 먹자마자 당장 일어나서 죄다 해버리면 이런 일이 없을 테니, 저것도 지금 내가 당장 하러 가면 되겠네!!"

소릴 지르며 부엌으로 갔다. 감정에 호소하며 눈물까지 흘

려주었더니 결국은 달콤한 승리를 맛볼 수 있었다. 그는 내가 그릇을 집어 던지다시피 하며 시끄럽게 설거지를 하는 사이 아이를 욕조에서 건져서 목욕시키며 같이 목욕하고 돌아왔다. 그리고 미안하다며 먼저 사과의 손길을 내밀었다. 진작 그럴 것이지, 짜식이. 꼭 눈물을 흘리게 만들어요.

짧다면 짧지만 길다면 또 긴 30 평생을 다른 부모 밑에서, 다른 환경에서 자라왔는데, 게다가 남자와 여자라는 다른 종족인데, 같이 살다 보니 미치도록 사소한 부분에서마저 싸움이 자꾸 생긴다. '치약을 중간에서부터 짜도 상관없느냐, 반드시 밑에서부터 차근차근 짜서 써야 되느냐.'가 우리 둘 다에게 별로 중요한 이슈가 아닌 것이 얼마나 다행인지 모른다. 평생 싸울 거리 하나가 줄어들었으니 말이다. 치약부터 시작해서 설거지할 때 애벌 헹굼을 어느 정도 수준까지 해놓느냐부터 싸울 거리가 되니 일상의 수많은 모든 영역이 싸우자고 보면 모두 싸울 거리이다. 서로가 서로에게 도저히 이해되지 않는 행동 투성이다.

이렇게 정말 아무것도 아닌 일 가지고 서로 감정 상하며 싸우고 있다 보면 도대체 결혼은 왜 해서 이 지랄을 하고 있는가 싶을 때도 있다. 다 큰 성인 둘이 싸우는 데 내용을 가만히 들어보면 쌍팔년도 초딩들 개싸움과 다를 바가 없다. 개초딩 둘이서 초딩보다 더 어린 애도 같이 키우면서 부동산 계약도 하고, 차도 사고, 적금도 들고, 집안 대소사도 해결하며 살아가야 한다. 살면서 엄청난 결정의 순간들도 함께 해야만 한다.

남편은 은근슬쩍 아이를 이용해 화해를 시도하려고 했다. 나에게 뻔히 들릴 큰 목소리로 말한다.

"엄마가 지금 아빠한테 화나서 등에 로션도 안 발라줄 것 같은데, 딸이 발라줄래?"

귀여운 다섯 살짜리가 쪼르르 달려와 말한다.

"엄마, 아빠한테 화났어?"

설거지를 마치고 싱크대 뒤의 작은 그늘에 숨어 앉아 휴대전화를 들여다보고 있었는데, 은근슬쩍 남편 등장.

"OO이가 엄마 뽀뽀 한 번 해줘. 화 풀리게."

그러자 여우같은 지지배가 한술 더 뜬다.

"아빠가 해줘야지~ 아빠한테 화났는데!"

억지로 볼에다 뽀뽀하고 상황을 대충 마무리하려는 남편이 얄미워 얼굴을 있는 힘껏 밀어내는데, 아이가 한마디 더 거든다.

"엄마! 사과하면 받아줘야지! 엄마가 나한테 그랬잖아!"

어쩔 도리가 없다. 사소한 걸로 치고받고 싸웠다가 사소한 이유로 스리슬쩍 묻혀버리는 일상. 드라마에서는 마치 이런 것이 행복한 결혼생활인 것처럼 묘사되기도 한다. 누군가와 만나 결혼이란 걸 하고, 평생을 그냥 죽도록 지지고 볶고 살다보면 아마도 노년의 어느 즈음엔가 서로를 어느 정도는 이해하거나 혹은 드디어 완전히 포기하여 서로를 받아들이게 될지도 모르겠다. 상대방을 내 입맛에 맞도록 개조하여 같이 산다는 것을 애초에 포기했더라면 더 행복한 결혼생활을 누릴 수 있었을 것이라고 후회하면서. 그러나 그것을 어찌 알리. 살아보지 않고서.

나는 애초에 결혼에 대해 큰 환상이 없었고, 그 누구와 살았더라도 그 누구가 타인인 이상 같이 살면서 수많은 갈등을 겪으리라 예상했다. 결혼이 '내가 선택한 단 한 명의 타인인 배우자와의 평생 동안 지속될 갈등 조정 과정임'을 어느 정도는 예측하고 있었다. 그럼에도 결국 결혼을 해 보기로 결정한 것도 나이므로, 이 모든 유치한 싸움이 지겹다고, 그렇게 살아가는 과정이 힘들고 짜증난다고 누굴 탓할 것인가.

내가 할 수 있는 일은 이미 내 책임과 의무의 영역으로 들어온 이 상황을 내가 좀 더 잘 정리하고 조정하며 살아갈 수 있도록 노력하는 일일 것이다. 어찌하리오. 저기 저 사람이 내 남편인 것을. 그깟 애벌 설거지가 뭐라고 "그게 그렇게 싫으면 앞으로는 잘할게. 알겠어."라고 좋게 말하며 넘어가지 못하고 바득바득 우기고 서럽다고 울기까지 해야 직성이 풀리는 나를 선택한 것도 너인 것을.

서로가 서로를 이해하게 되는 날까지 혹은 서로를 완전히 포기하고 너라는 사람 자체를 받아들이게 되는 날까지. 우리 치열하게 싸워봅시다. 마치 이 구역의 미친 초딩은 우리 둘뿐인 것처럼.

육아는 더 미친 짓이다

고요한 새벽 3시, 30분 전에 겨우 잠든 아이가 깨어나 미친 듯이 운다. 나는 비몽사몽으로 깨어나 빽빽대며 울고 있는 갓난아이에게 젖을 물렸다. 다음날 회사에 가야 하는 남편은 거실에서 잠을 자고 있었고, 아무리 달래도 진정되지 않는 아기를 보며 나는 중얼거렸다.

"이건 미친 짓이야…."

나는 출산을 영국에서 했고, 그 아이가 6개월 무렵이 될 때까지 그곳에 살았다. 친정엄마가 영국까지 와서 산후조리를 도와주시긴 했지만 아이가 예정일보다 2주나 늦게 태어났고, 엄마의 귀국 스케줄 때문에 출산 후 일주일가량 도와주신 게 전부였다. 산후조리원 같은 건 당연히 없었다. 꼬박 하루 진통 끝에 아이 위치가 좋지 않아 제왕절개를 했고, 서툰 영국인 의사가 무통주사 바늘을 잘못 꽂는 통에 부작용이 생겨서 몸이 회복되는 데 꽤 오래 걸렸다. 엄마가 한국으로 돌아가시자마자 천사같이 잘 먹고 잘 자던 아이는 악마로 돌변했다. 남편이 출근하면 퇴근할 때까지 거의 반나절을 내리 울었고, 너덜너덜해진 손목으로 종일 아이를 안고 달래야 했다. 낮에 종일 울었으면 밤에라도 잘 자주면 좋을 텐데, 정말이지 죽어라 울어댔다. 잠도 못 자고 끼니를 제대로 챙겨먹지 못하고 아이를 보느라 만삭 때까지 20kg이나 불었던 몸무게는 출산 후 두 달 만에 몽땅 빠져버렸다.

버티다가 밤에 거의 울고 싶은 심정으로 아이 좀 같이 봐달라고 남편에게 말했다.

"여보, 나 잠 못 자서 죽을 것 같아. 손목은 시리고, 몸도 막 여기저기 시리고 추워. 겨우 재웠다가 또 깨서 울면 젖먹이면서 나도 울어. 너무 서럽고 또 옷을 껴입고 이불을 덮어도 자꾸 추워."

돌아오는 그의 대답은 매정했다.

"나는 내일 출근해야 되잖아. 잠 못 자면 회사에서 일도 안 되고 너무 힘들어."

그는 신데렐라라도 되는 듯이 열두 시 땡 하면 아이를 나에게 넘기고 방을 나가 혼자 편하게 잠을 청했고, 새벽에 몇 번이나 아이가 깨서 울어도 들어오지 않았다. 바보 같은 나는 어차피 모유수유 중이라 남편이 해줄 수 있는 것은 기저귀를 갈거나 우는 아이를 안고 달래주는 것뿐이니 더 이상 남편에게 도움을 요청하지 않았다. 그러지 말았어야 했음을 나중에 땅을 치고 후회했다. 한 지인의 남편은 퇴근하고 오면 새벽 3시까지는 아내가 잠을 자게 하며 자기가 아기를 보고, 그 이후에는 자기가 몇 시간 눈을 붙이고 출근한다는 말을 들었다. 그게 당연한 거란 것을 나중에야 깨닫고 나는 뒤늦게 남편을 닦달했다. 비교는 나쁜 것이지만 어쩔 수 없었다. 혹독한 신생아기를 거의 혼자 견디다시피 한 나는 그 울분을 잊을 만하면 꺼내어 남편을 몰아세웠다. 출산하고 막 5년이 지난 아직까지도 손목이 시큰하고 틀어진 골반이 아플 때면 그 서럽던 시기를 떠올리며 그따위로 나를 홀대해놓고 감히 둘째 이야기를 꺼내냐며 몰아세웠다.

남자들은 정말로 관뚜껑 닫을 때가 되어서야 철이 드는가. 아니면 내가 고른 저 사람만 그런 것인가. 누굴 탓하리. 저 사람을 내 자식의 아빠로 택한 것이 나인데. 부모가 된다는 건,

너나 나나 똑같이 처음인데. 어째서 여자는, 엄마란 이름으로 마치 엄마라는 직업이라도 있는 것처럼 처음부터 전문가의 능력을 요구받는 것인가. 나 혼자 출산준비 리스트 만들어가며 출산을 준비할 때에도 그놈의 입은 "나는 남자라 잘 모르니까 알아서 해."라고 할 수 있느냔 말이다. 저기요, 나는 뭐 경력직이니? 네가 신참 아빠이듯이 나도 신입 엄마라고!

엄마가 된다는 건, 부모가 된다는 건 말 그대로 신세계였다. 그것은 화원에서 화분 하나를 사 오거나 집에 강아지 한 마리를 새로 들이는 것과는 비교가 안 되는 일이었다. 그것은 다름 아닌 인간의 아이였고, 조카도, 옆집 아이도 아닌 나의 자식이었다. 내가 짐승 같은 핏덩이를 낳아 그것을 인간 구실하는 사람으로 키워내야 하는 일생일대의 과업이었다. 어느 것 하나 허투루 할 수도 없고, 온 신경을 온통 그 새로운 생명에게 나를 갈아 넣어 집중해야만 하는 종류의 일이었다. 갓난아이를 키우며 나를 가장 힘들게 했던 것은 불어난 몸이나 부족한 잠보다 육아에서 반 발짝쯤 뒤로 물러나 있는 남편, 그리고 나는 이제 절대로 아이가 없던 시절로 돌아갈 수 없다는 사실이었다.

나는 도대체 몇 년을 이 아이 하나를 제대로 키우기 위해 희생하며 살아야 하는 걸까 생각하면 까마득한 우울감이 나를 덮치곤 했다. 이런 중압감과 불안, 우울감은 아이를 사랑하는 감정과는 별개의 것이었다. 나는 이 아이가 제대로 커 혼자 앞가림을 하게 될 때까지 언제나 불안과 걱정이라는 마음을 가슴 한켠에 두고 살아야만 할 것이다. 그 불안은 내가 죽어야만 끝날 것이다.

어쩔 수 없음을 체념하고 받아들인 후에야 나는 아이의 진짜 엄마로 살아오기 시작했다. 아이와 조금씩 의사소통을 하고 대화가 되기 시작해서야 사랑의 마음이 생기기 시작했다. 여성이라고 해서, 열 달간 아이를 품고 낳았다고 해서 모성이 당연한 것은 아니다. 모성애를 강요하는 사회는 여성에게 잘못된 의무감을 강요하는 사회이다. 부모 중 일방에게 육아의 책임을 전가하려는 얄팍한 술수이다. 여성에게 출산을 강요하는 사회는 폭력적인 사회이다. 아이를 낳지 않겠다고 결정한 부부나 여성을 이상한 눈초리로 흘겨보고 잔소리하는 사회는 꼰대나 마찬가지다. 자기 세대의 잘못된 논리로 젊은 사람들을 섣불리 판단하고 가르치려 들기 때문이다.

이 생각은 내가 직접 아이를 낳아 키우면서 더 강해졌다. 육아가 얼마나 힘든 일인지, 한 여성이 어떤 결심을 하고 얼마나 많은 것을 희생해야 아이를 낳고 키울 수 있는지를 실감하고 나서야.

아니, 작가 양반은 결혼도 하고 아이도 낳아 키우고 있다면서 왜 그런 소릴 하느냐고? 그렇다. 나는 이미 결혼도 해버렸고, 아이도 낳아 버렸고, 그 아이를 키우는 일도 너무나 사랑한다. 하지만 안타깝게도 결혼 전에는 결혼과 출산이 선택의 문제일 수 있다는 것을 생각하지 못했다. 육아의 엄청난 고충을 알게 된 지금은 이미 이 아이를 사랑하는 것이 나의 의무이고 삶의 한 과제가 되어버린 것이다. 아이가 주는 행복은 너무도 크지만, 그 행복 뒤에는 엄청난 양의 시간과 육체노동, 그리고 막대한 비용이 뒤따른다.

이렇게 말하는 엄마도 있을 것이다.

"아이가 주는 행복이 얼마나 큰데요. 저는 절대 후회하지 않아요."

"둘째, 셋째는 사랑이에요."

나 역시 아이를 낳지 않는 부부를 이상하게 생각한 적이 있었다. 무의식중에 그건 순리가 아니라거나 그들의 선택은 잘못되었다고 생각했을지도 모르겠다. 절친한 친구 부부는 아이를 낳지 않기로 했단다. 그런 그녀에게 "아이 낳아보고 키워보는 것은 정말 새로운 경험이야. 그걸 해보지 않는다는 건 뭔가 아쉬운 것 같아. 더 늦기 전에 다시 한 번 생각해봐." 라는 식으로 말한 적이 있는데, 나중에 내가 했던 그 말을 두고두고 후회했다. 나는 '아이를 낳아 키워본 여자'의 삶만 살아보았기 때문에 '아이 없는 삶의 행복'은 죽을 때까지 알 수가 없다. 그들의 기준에서 더 행복하기 위해 선택한 삶을 나만의 기준으로 평가하고 가치 매긴 것이다. 그것은 대단한 오만이었다. 우리는 그저 내가 선택한 자신의 삶을 살아갈 뿐이다. 어느 누구도 타인의 선택에 대해 왈가왈부할 자격은 없다. 그저 내가 경험한 것에 대해서만 말할 수 있을 뿐이다.

아이를 키운다는 건 온전한 나로서 살아볼 기회를 어느 정도 잃는 것과도 같다. 식사하고, 주말에 여가시간을 보내고, 여행하는 모든 일상의 순간마다 아이는 가장 중요한 결정의 요소로 작용한다. 주말엔 느긋하게 일어나 브런치로 짜파게티나 해먹으며 한껏 게으름을 피우고 싶지만, 새벽같이 일어나 배고프다며 엄마 눈을 까뒤집는 아이를 위해 아침밥을 대령해야 한다. 하물며 아이가 어릴 때는 아기띠에 아이를 안고 볼일을 본다든지, 잠깐의 틈이 나 샤워하다가도 잠에서 깨 울어대는 아이 때문에 거품범벅으로 뛰어나와야 할 일도 생긴다. 인간다움을 어느 정도 포기하며 몇 년을 수발들고, 상전처럼 모시고 살아야 어느 정도 제 앞가림을 할 나이가 된다. 그 모든 것이 이미 내 삶에 편입되어 엄마로서의 삶도 어느 정도 익숙해질 때쯤에 나를 돌아보면 어느새 폭삭 늙은 웬 아줌마 하나가 거울 속에 들어앉아 있는 것이다.

요즘 뉴스에서 부모가 될 자격도 없는 수많은 어른을 심심찮게 본다. 나 역시도 수시로 내가 부모 자격이 있는 제대로 된 어른인가 생각한다. 사랑만으로, 돈만으로 해결할 수 없는 엄청난 일이 사람 하나를 키워내는 일이다. 그것을 애초에 제대로 해낼 자신이 없다면, 또는 그런 희생적인 일보다 나 자신의 삶을 온전히 즐기는 삶을 원한다면, 출산과 육아는 애초에 시작하지 않는 것이 맞다. 어떤 선택이든 그것은 개인의 몫이고, 선택에는 언제나 책임이 따르는 법이다. 나는 이미 되돌릴 수 없는 선택을 했고 그것에 최선을 다하겠지만, 나를 잃지 않으며 육아하는 방법에 대해 매 순간 고민하며 살 것이다. 후회는 없지만, 누군가 이 길이 그렇게 쉬운 일은 아니었음을 알려주었다면 좋았을 것이라는 생각도 든다.

부부의 사생활
- 뜨거움의 영역 혹은 성적 자기결정권

(아빠, 언젠가 이 글 또한 보시게 되겠죠. 이 꼭지는 그냥 건너뛰어도 우리 사이를 위해 좋지 않을까 싶네요. 아빠도 딸인 저와 사위가 손만 잡고 자서 사랑스러운 손녀가 태어난 게 아니란 것쯤은 아실 테니까요. 하지만 우리 사이에 굳이 시시콜콜 알아서 좋을 주제는 아닌 것 같네요. 엄마라면 좀 다르지만요. 우리는 직접적인 언급은 하지 않더라도 능구렁이처럼 서로를 떠보는 수준까지는 발전한 정도의 사이랍니다.)

한 부부의 결혼생활에 대해 말할 때 19금의 영역을 빼놓고 논한다는 게 애초에 말이 안 된다고 생각하여 이 글을 쓰고 있다. 나도 이미 그런 거에 얼굴 붉힐 짬밥은 한참 지난 아줌마지만 어쨌거나 저쨌거나 부끄러움이란 게 있고, 특히나 우리 부부는 서로 교집합 지인이 많은 대학 동기이기 때문에 이 소재가 민망한 것은 사실이다. 나는 지인의 집에 처음 가게 되어 우연히 부부침실이나 침대를 보게 되는 상황이 되면 괜스레 혼자 부끄러워하곤 했다. 혹시나 하여 미리 일러두는데, 나는 본투비(born-to-be) 변태이다. 그 침대를 보면 '이 집 아이들은 저기서 만들어졌군.' 또는 '저 침대 위에서 이 집 부부의 19금 영역이 펼쳐지겠군.' 하는 상상이 언뜻 들기 때문에 혼자서만 슬쩍 부끄러워지는 것이다. 내가 이상한 건가? 나만 그런가? 물어볼 수가 없으니 모르겠지만 아무튼 나는 그렇다. 그래서 나와 남편의 교집합 지인 중 만약 나 정도의 변태 능력치를 가진 사람이 있다면 나와 그의 19금 영역을 상상할지도 모르니 민망한 것이라고 표현한 것이다. 괜히 내가 앞서 오해한 것이라면 사과하겠소. 본성을 숨기고 고상한 척 살고 있을 이름 모를 변태 씨.

심지어 내가 임신하기 이전에는 임신해서 남편이나 파트너 손을 잡고 다니는 여자와 그 커플을 보며 왠지 내가 낯 뜨거워지곤 했다. 배부른 커플의 모습은 마치 '나는 내 옆의 이 남자/여자와 섹스하는 사이예요. 섹스해서 뱃속의 이 아이가 생긴 거죠.'라고 인증하고 다니는 듯이 느껴지곤 했기 때문이다. 그것이 대체 왜 부끄러워야 할 일인지 설명하라면 할 수가 없지만, 그냥 세상 모든 사람들에게 내가 옆의 이 남자와 잠자리를 하는 사이라는 비밀을 들킨 것 같은 느낌이랄까. 굳이 알리지 않아도 되는 사실을 말이다. 그래서 내가 임신 중일 때도 간혹 그런 요상한 기분이 들곤 했다. 이런 나의 정신 상태에 대해서 이상하다 또는 별거 아니다를 논하고 싶은 것도 아니고, 그냥 그랬다는 걸 고백하는 중이다. 어쩌면 나는 그때까지는 순진했던 건지도 모르겠다. 다 큰 남녀가 사랑하면 당연히 잠자리를 할 수 있는 거고, 요즘 세상에 혼전 성관계를 안 해 보고 결혼하는 거나 섹스리스 부부로 사는 게 더 이상한 일이니까.

아무튼, 또 그래서 우리 부부 이야기로 이제야 진입한다. 너무 눈 똥그래져서 읽지는 않길 바란다. 별거 없으니까. 내가 여기다가 우리의 성생활에 대해 시시콜콜 말할 수는 없지 않은가. (저기 거기 아빠, 설마 아직 읽고 계시는 거 아니죠?)

다만 다행히 아직까지는 큰 문제가 없고, 7년차 부부치고 아주 건강하게 즐길 것은 즐기며 살고 있다 정도로만 일러두겠다. 주변 이야기를 들어보면 보통 첫 아이를 낳고 나서 섹스리스로 진입하는 부부가 아주 많은 것 같다. 하지만 이 에

세이가 19금 에세이도 아니고, 주제가 그것도 아니니, 성생활이 생각보다 부부의 행복에 엄청난 부분을 차지한다는 정도만 말해주고 싶다. 아마 이 사실을 알고는 있지만 섹스리스로 산다는 건, 노력이라도 해볼 시간과 체력이 남아있질 않을 수준으로 아내 쪽에 가사와 육아가 편중되어 있는 경우가 많다. 혹은 여자 쪽에서 흥미도 느끼지 못할 수준인 남자 위주의 잠자리이기 때문일 것이다. 이 엄중한 사실을 그대, 남편들은 아는가? 그걸 알기라도 하면 양반이다. 그러니 수많은 남편들은 반성해야 할 것이다. "너는 왜 나랑 안 해주냐. 사랑하지 않는 거냐." 같은 개뼉다구 같은 소릴 하기 이전에 빨래라도 개고, 아이 목욕이라도 네가 시키고, 아내가 너와 잠자리를 할 최소한의 체력은 남아있게 하고 난 뒤에 그딴 말을 하라. 최소한 그 정도, 네 코딱지만 한 양심이라도 있어봐라. 그러니 남녀 모두, 최소한의 노력도 해보지 않고, "그냥 우리는 친구처럼 살기로 했어." 또는 "너무 피곤해서 못하겠어."라고 하지 않았으면 좋겠다. 나의 친구들과 수많은 기혼 커플들이.

또 엄한 남의 남편들 지적질하느라 주제를 벗어날 뻔했지만, 다시 돌아왔다. 나의 변태 능력치는 이미 일러둔 것 같고,

그래서인지 성격 때문인지 몰라도 나는 스킨십을 아주 좋아한다. 이때 스킨십은 문자 그대로 '스킨'을 만지는 행위를 말한다. 시시때때로 남편을 만진다. 여기저기를. 물론 이 상황은 사이가 좋거나 남편이 미운 짓을 하지 않은 상황일 때로 한정된다. 남편은 책임지지 않고 떠나버릴 그런 이기적인 스킨십은 하지 말라고 소리 지르곤 한다. 그래봤자 내가 이긴다. 안방에서 화장실로 걸어갈 때, 샤워하고 나온 남편이 벗은 채 있을 때, 뭔가에 몰두하느라 두 손이 내 손을 막지 못하는 무방비의 상태일 때 등등 하루에도 열댓 번씩 그를 만진다. 덕분에 그의 방어 스킬은 나날이 늘어나 내 손이 뻗어갈 방향을 미리 AI처럼 탐지하고 1~2초 앞서 방어태세를 갖추어 내 손을 쳐내곤 한다.

반대의 경우는 어떠냐고? 남편도 스킨십을 좋아한다. 하지만 나는 내가 남편을 만지는 것만 좋아하지, 그가 나처럼 시시때때로 나를 만져대는 것을 극도로 싫어한다. 그가 나에게 먼저 하는 스킨십은 오직 밤에, 침대에서만 하면 좋겠다. 미리 일러두는데, 나는 매우 비양심적이고 책임감이 없으며 이기적인 여자이다. 책임감이 없다고 소릴 질러대거나 말거나, 왜 자기만 못 만지게 하냐고 내가 이기적이라고 진상부

리거나 말거나, 심지어 열폭하여 어린애처럼 화를 내거나 말거나 나는 한결같이 정색하며 그 손을 당장 치우라고 한다. 미안하지만 나는 애초부터, 결혼 초부터 그에게 성적 자기결정권을 줄 생각 따위는 없었다. 그것은 나에게만 적용되는 것이다. 네가 하면 '부부간 성추행'이오, 내가 하면 '사랑'이다. 메롱.

나의 내로남불 사랑은 결국은 좋은 방향으로 작용한다. 그의 의견은 이번에도 살포시 무시하겠다. (다시 한 번 말하는데 억울하면 너도 책 써. 나보다 잘 쓸 자신 있으면.) 우리 사이에 아무 문제가 없으니 된 거 아닌가? 그가 원하는 빈도와 내가 원하는 빈도에 약간 차이가 있다고 해서 (내 입장에서는) 아주 사소한 문제이다. 내가 원하는 때는 한 달 중 특별한 때로 정해져 있다고 해서 별 문제 될 건 없어 보인다. 서로 하고 싶을 때 하면 더 좋지 않니? 애초에 생각했던 수위보다 조금 더 높아진 것 같아서 여기에서 급하게 접기로 하겠다.

물론 내로남불이 아니라면 더 좋겠지만 어쨌거나, 나는 나의 방식으로 너를 사랑하고 있는 것임을 알아주면 좋겠다. 그리고 남자들이 제발 명심해주면 좋겠다. 여자들은 사랑하지 않으면 너랑 자고 싶지 않다고. 여자가 너랑 자길 원하지 않는다면 그것은 남편, 혹은 남자친구인 당신들 탓이라고. 당신의 스킬이 쥐똥만큼이라 이 나이에, 그 피곤한 밤 시간을 할애해 할 정도가 못 되거나 사랑하는 마음이 쥐똥만큼도 없어서 아프거나 하기 싫은데도 참고 해줄 정도가 아닌 거라고.

내가 아는 어떤 작가님이 있다. 에세이를 두 권 출간하신 분이다. 그녀가 어느 날 갑자기 브런치에 소설을 연재하기 시작했다. 무려 19금 소설을. 그것도 아주 아주 야하고, 아주 아주 혁신적인 내용으로. 야하기만 해도 필독할 각인데 심지어 무지무지 재밌다. 소설은 오직 서로만을 평생의 짝으로 살아온 이상적인 부부가 섹스리스 지인을 상담해주게 되는 내용으로 시작한다. 책으로도 출간되었으니 모든 섹스리스 부부가 읽었으면 좋겠다. 소설 초반부의 한 부분을 인용하는 것으로 글을 마무리한다.

결혼생활이란 건 깨지기 쉬운 얇고 섬세한 유리조각품을 끌어안고 거친 산길을 끝없이 걷는 것과도 같다. 바람만 세게 불어도 금이 가고, 재채기만 해도 귀퉁이가 부서진다. 떨어뜨려서 아예 산산조각이 나지 않고서야 어떻

게든 그것을 안아 들고 하염없이 걷는 것이다. 부서진 조각들을 차마 버리지 못하고 옷 앞섶에 주워 담고 걸어가는 사람도 보았다. 과연 나는 그럴 수 있을까? 그것은 또 옳은 일인가?

-『하는, 사랑』 김현주

망할 놈의 남의 회사 탓

어제부터 입안이 모래알 천지다. 온종일 머리가 지끈거린다. 반나절 사이에 타이레놀 네 알을 털어 넣고, 한적하고 아름다운 시골 책방에 가서 좋은 공기 들이켜고 일부러 어린이 동화책만 읽다 왔는데도 두통이 낫질 않는다. 어제 낮에 남편이 보낸 메시지 때문이다.

그의 회사는 사기업인데 공기업 같다. 어찌 보면 당연한 일인지도 모르겠지만, 오너 의식 같은 걸 가진 사람은 별로 없는 것 같다. 열성을 다해 일하지 않아도 월급은 나온다. 오너는 외국에 있고, 한국 사장은 그냥 말 그대로 '한국에서 사장'일 뿐이다.

'일 대충 해도 월급 나오면 좋은 회사네.' 싶을지도 모르겠다. 회사를 위한 좋은 제안을 백번 해도 어차피 받아들여지지 않고, 어차피 투자금이 없어서 아무것도 못하고, 악순환으로 돈이 없어 연구개발을 못하니까 좋은 제품을 못 만들고, 다시 판매가 안 좋아진다. 그러니 다들 그냥 월급 루팡만 하고 있는 거다. 그런데 그 회사가 얇고 길게 아슬아슬하게 수명을 연장하는가 싶더니, 그것이 이번에는 정말로 살얼음판이었는지 얼음판 깨지기 직전에야 말단 사원들한테까지 회사가 정말로 망할지도 모른다는 소식이 조달되었다. 그리고 그 소식이 포털사이트 뉴스에 뜬 것은 반나절도 지나지 않은 후였다.

회사가 정말로 망하기 직전이 되어서 몇 달간은 월급이 나오지 않을 수도 있다고 한다. 이제 막 과장을 단 37살 동갑내기 남편은 재작년에 이미 깎인 연봉에서 과장이 되어 대리일 때와 월급이 비슷했다. 연봉이 깎인 것은 코로나 19가 터지기 전이다. 제일 먼저 말단사원의 월급까지 살뜰히 돌려 깎아놓고 나서는 각종 의료혜택이나 쥐똥만 했던 명절 보너스, 심지어 샴푸 선물세트까지 없앴다. 그런데 나중에 알고 보니 샴푸 선물세트마저 없애놓고 직원들 자녀 대학 학자금 지원은 넷째까지 여전히 주고 있었단다. 정말 기가 막혀서 할 말이 없었다. 월급은 모든 복지혜택부터 먼저 깎고 제일 최후에 손대야 하는 신성한 어떤 것 아니었나?

남편의 문자메시지는 여태 들어온 그 망한단 소식이 이제 정말로 루머가 아니라 실현될 거란 정확한 정보였다.

여태껏 포장되어온 노동자의 권리, 그거 왜 4년제 대졸 사무직에게는 보장 안 되는 건데? 우리는 왜, 내 남편은 왜 이 부장님, 김 기술수석님, 정 연구원님 아들딸 두세 명씩 줄 대학 학자금 대신에 제대로 된 안 깎인 월급 받으면 안 되었던 건데? 그 돈이면 내가 새벽에 글 쓰면서 낮에 영어학원에 아르바이트하러 가서 새끼공룡 같은 7살 남자애들 잡으러 학원 복도를 뛰어다니지 않아도 됐었는데. 70만 원 벌자고 내 아이 어린이집에 5시까지 맡기지 않아도 됐었는데. 나는 뭐 6개월 동안 밤새 글 써서 만들어낸 책 인세 받으면 눈물이 앞을 가리는데.

신세 한탄이 길어지다 보면 세 장도 쓸 수 있을 것 같아서 자발적으로 끊는다. 마법처럼 분위기를 전환해서 희대의 불쌍한 여자에서 희대의 나쁜 년이 되어보겠다. 나는 어쩌면 작가가 되기 위해서 남편을 만난 것 같다. 이 남자와 결혼해서 영국에 가면 시간도 많겠다. 언젠가 내가 해보고 싶던 일을 정말로 하게 될 수도 있지 않을까 하며 약간의 기대를 했다. 맹세컨대 약간이다. 당연히 영국에서 맞벌이를 하려고 했다. 열심히 이력서 써서, 안 되는 영어 인터뷰 백번 시뮬레이션까지 하고 막상 동네 스타벅스에 가서는 폴란드인 직원에게 이력서를 건네주지도 못했지만. 그것보다 돈을 더 많이 주겠다는 일자리에 지원했고, 면접도 여러 번 봤다. 결국 잘 안 된 것뿐이다. 영국에서 유명한 꽃을 배워보려고도 했다. 또 결국 잘 안 된 것뿐이다. 한국으로 배송대행 해주는 작은 물류회사에서 영국산 포트메리온 같은 접시세트와 드롱기 커피머신을 뽁뽁이로 감싸 포장하고 택배박스에 넣는 아르바이트도 했다. 결국 입덧하다가 박스 안에다 토할 뻔해서 그만두긴 했지만.

혹시 뭔가 느꼈다면 나 지금 변명하고 있는 것 맞다. 아무튼 최선의 최선까지는 아니었지만 나도 노력은 했고, 내가 하고 싶지 않은 일도 하려고 해봤다. 돈은 벌어야 했고, 나도 외국에서 돈 벌 수 있다는 걸 증명하고 싶었으니까.

아 참, 나 나쁜 년 되기로 했었지. 나쁜 년 맞다. 남편이 혼자서 열심히 돈 버는 동안 이것저것 대충 해보기만 하다가 결국 제대로 된 일은 아무것도 못 하고, 덜컥 임신해서 또 죽자고 입덧하는 체질이라 임신 기간 동안 열심히 남편을 괴롭혔다. 아기 낳고 나서 한국에 돌아와서도 애가 돌이 될 때까지 육아만 했다. 그리고 또 이것저것 파트타임 일을 집적거리다가 글이란 걸 쓰게 되었다. 출판도 했다. 앞으로도 가능하면 쭉 글만 쓰며 살고 싶다.

남편이랑 결혼하면 무의식중에 돈 걱정은 안 하고 살 수 있을 줄 알았다. 부자로는 못 살아도 내 어린 시절만큼은 아니리라 생각했다. 아이 피아노학원이냐 미술학원이냐 둘 중 하나만 선택하지 않아도 될 거라 생각했다. 나 초등학생 때 일주일에 한 번씩 학교에서 만들어준 저금통장에 넣을 돈을 가져가야 했는데, 오천 원 대신 만 원 가져오는 친구를 부러워하던 내 모습이 내 아이에게 겹쳐지지 않기를 바랐다. 그 정도도 바라면 안 되나? 남편이나 시가의 경제력에 그 정도 기대면 나쁜 년인가? 나쁜 년까지는 아니지만 양심이 없다고 할 수도 있겠다.

어쨌거나 뭔가를 기대하고 계산하고 그걸 결혼 조건에 포함했다가 나는 된통 당하는 중이다. 더 부지런했으면 글 쓰면서 뭔가 그래도 대기업 아니더라도 회사긴 회사인 곳에서 풀타임 정규직으로 일하며 돈을 벌 수 있었을지도 모르겠다.

그게 장기적으로 나에게, 그리고 우리 세 식구에게 어떤 도움이 되었을지는 아무도 모를 일이지만.

그리하여 이 나쁘고 양심까지 없는 년은 내가 마음 놓고 기분 좋게 글쓰기에만 전념할 수 없게 만든 것을 애꿎은 남편 회사에, 그리고 그 회사의 비상식적인 인사복지정책에 돌리고 있다. 하지만 나는 이번에도 극복할 것이다. 방법은 아직 모르겠다. 막장 드라마 같았던 고부갈등으로 책을 내고 작가가 되었듯이. 이 고난이 내 작가로서의 삶에 한층 아름다운 나이테가 되어주길 바라는 것이 지금으로선 최선이리라. 또 누가 알리. 내가 '분노의 글쓰기'에서 선구자가 될지. 이 땅의 모든 빡친 자들이여, 결코 그대의 꿈을 포함하여 그 아무것도 포기하지 말라.

그놈의 둘째 타령, 너도 하냐?

그도 한다. 어쩔 땐 더 지긋지긋하다. 제발 좀 셔럽하라고 입을 틀어막고, 화제를 돌리고, 눈을 부라리고, 온갖 협박을 해도 잊을 만하면 또 꺼낸다. 이제는 딸아이를 이용하기까지 한다.

"OO야, 동생 갖고 싶지 않아? OO이 친구 XX이는 동생 생겼다던데!"

동생이 생겼을 경우의 온갖 단점을 수년에 걸쳐 세뇌하고, "엄마 아기는 너 하나뿐이면 돼."로 사탕발림해놓은 데다가 소금을 아주 그냥 팍팍 친다. 시부모님은 조금씩 포기해 가시는 것 같은데, 이 양반이 되레 왜 이러나 정말 짜증나게.

안 낳는다고! 안 낳아요! 저기요! 님이 말씀하시는 그 아기요. 제 몸 안에 있는 자궁(포궁)에서 만들고 키우는 건데요. 낳을 때 저 또 배 찢어야 되는데요. 안 낳는다고요. 내가 안 낳는다고요. 싫다고요. 둘 키울 돈도 없고요. 저는 '외동딸 키우기 프로젝트'가 너무 좋은 사람이고요. 또 입덧하면서 방바닥 기어 다니고 열 번씩 토하며 울고 싶지도 않고요. 살 20키로 찌고 싶지도 않고요. 너님 새벽에 주무실 때 혼자 일어나서 젖 물리고 싶지도 않고요. 이 나이에 하나 더 낳고 폭삭 늙고 싶지도 않고요. 이미 존재하는 소중한 내 딸이 동생한테 질투하고 스트레스 받는 거 보고 싶지도 않고요. 그냥요, 죄다 싫다고요. 남의 둘째는 예쁘고 조카는 예뻐도, 내 둘째는 수만 가지 이유로 싫다고요. 부족해요? 더 말해줘요?

그의 둘째 타령이 어이없는 것은 순수한 의도가 아니라는 데 있다. 표면적인 이유는 자기가 외동으로 자라서 너무나도 외로웠다는 것인데, 솔직히 그거는 부모님이 너무 바쁘셔서 어느 정도 방치되고 남의 손에 크기도 해서 그런 거지. 다 개인차이거든요? 덕분에 너 친구도 엄청 많고 사교성도 좋잖아요.

한창 시부모님이 나의 계획과는 전혀 무관한 두 번째 손주 보기에 목말라하실 때, 남편이 "돈 없어서라도 애 더 못 낳는다."고 시부모님께 말한 적이 있다. 누구나 하는 변명이긴 하지만 일부 진심이기도 했다. 그 말에 경제력 빵빵하신 시어머니가 덥석 "둘째 낳으면 1억 준다!"라며 공수표를 날린 것을 남편이 바보같이 아직도 믿고 있는 것이다. 그래서 지금도 틈만 나면, 괜히 돈이 쪼들린다 싶은 생각이 슬금슬금 드는 때면, "둘째나 낳을까?" 하는 개수작을 부리곤 하는 것이다. 그럼 나는 1억 받으려고 아이 낳아주는 기계밖에 더 되는 거 아니냐고 이해시키려고 해도 그건 또 아니라며 다른 헛소리만 늘어놓는다. 내가 그 농담 아닌 농담을 얼마나 싫어하는지 알면서도, 죽음의 입덧 때문에라도 임신하는 게 싫다는 내 마음을 너무 잘 알면서도, 그 열불 터지는 수작을 또 부리는 것은 정말 로또 맞듯이 하늘에서 1억이라도 떨어졌으면 하고 바라기 때문이다.

나도 쪼들리는 그 마음을 잘 알기에 세 번 정색할 거, 한 번에 그치려고 하지만 열 받는 건 열 받는 거다. 내가 애 낳는 기계냐? 지금 장난하냐? 오냐, 그래 백번 양보해서 둘째 낳고 주실 리도 없는 그 1억 진짜 현찰로 통장에 꽂아주신다고 해보자. 만에 하나 그 1억이, 둘째가 또 딸이라고 5천으로 줄어들기라도 하면 너 나한테 뒷감당 어떡할래? 은근슬쩍 시아버지가 "셋째 낳으면 되지 뭐." 드립이라도 치심 너 어떡할래? 나랑 맞짱 뜰 자신 있는 거니? 나 그러면 5천만 원 받아놓고도 눈에 뵈는 게 없을 거 같은데. 아, 그리고 무엇보다 요즘 1억으로 애 하나 못 키우는 거 알고는 있지? 정말 주실 리가 없다는 것도, 설마 모르는 건 아니지?

조곤조곤 따져주겠어. 다시는 그 입에서 둘째의 디귿도 못 나오게 인쇄지에 박제시켜버리겠다. 제발 내 몸에 관심들 좀 꺼주시고. 내 몸은 내가 잘 알아서 할게요. 내가 때 되면 닭장에서 알 낳는 암탉은 아니잖아요. 아이 둘은 낳으려고 남편 너 만나 결혼한 건 아니잖아요. 손주 둘 낳아드리려고 결혼한 건 아니잖아요. 시시때때로 내 자궁은 안녕한지, 비어있는지 아이로 들어차 있는지, 점검 받으려고 결혼한 건 아니잖아요. 낳기만 하면 다 키워줄 것도 아니잖아요. 결국은 애는 엄마 손에 커야 한다고 하실 거잖아요. 육아를 "더 도와주겠다."고만 할 거잖니?

내가 내 새끼 더 낳고말고 결정하는 데에 돈이라는 걸 끼워 넣어 막장으로 머리 굴려야 하는 이 상황 만들지 말아주세요. 그거에 흔들릴 뻔한 적 있는 나 자신을 혐오하게 만들지 말아주세요. 제발 나를 나로 살 수 있게 해주세요. 이건 "너는 그래도 너 하고 싶은 거! 글 쓰면서 살잖아! 나도! 혼자 돈 벌어야 되는 걱정 아니었으면 축구선수 했을 거야!" 같은 헛소리랑은 명백히 다른 문제잖아요. 지금 이미 다니고 있는 그 회사에 좀 더 다니는 거랑, 우리 둘이 또 하나의 생명체를 만들어 내어 그것이 어른이 될 때까지 책임져야 하는 것은 다른 종류의 일이잖아요. 우리의 많은 돈과 시간과 젊음을 또 다른 육아에 바쳐야 하는 것은 정말 심각하게 고민하고 결정해야 할 문제 아닙니까?!

그리고 분명하게 다시 한 번 말하는데 임신과 출산을 하는 주체인 내가 싫다고. 그럼 거기서 더 이상 언급의 가치조차 없었으면 하는 게 내 바람인데 역시나 무리였던 건가요. 제가 그 정도의 분별력도 배려도 없는 남자를 남편으로 고른 것인가요. 하지만 나는 관철시킬 거고, 이해시킬 거고, 아닌 건 아닌 거고, 결코 하지 않을 거니까, 명백히 한번만 더 알아둬라, 남편.

그리고 만약 나와는 반대로 하나 더 낳고 싶다는 아내를 가진 남편이 있다면 다시 한 번 재고해주면 좋겠다. 당신이랑 결혼해서 이혼하지 않는 이상 당신 자식만 낳을 수 있는데, 인생은 한 번인데, 어쨌건 다시 한 번 생각은 해볼 수 있지 않을까? 임신 출산에 관해서만은 부부 사이라 해도 자궁 가진 사람에게 80% 이상의 주도권과 결정권을 주면 좋겠다.

나도 아예 둘째 생각이 없었던 것은 아니지만 둘째를 두 번이나 유산했다. 그리고 아예 완전히 생각을 접었다. 마구마구 남편 욕을 하고 났더니, 급한 후회와 새똥만 한 미안함이 밀려온다. 하지만 내 기준에서 모두 있었던 사실만 팩트 그대로 썼으니 반박할 일은 없으리라 믿는다. 미안하다, 이런 와이프라서. 미안하다, 이렇게 하고 싶은 말은 다 해야 되는 '기센 여자'라서. 남자들이 싫어하는 '페미니스트'라서.

하지만 난 분명히 알고 있지. 우리가 썸 타던 기간에 네가 나의 이런 면모를 엿보고 좋아하기도 했음을. 비혼이 뭔지도 모르던 시절에, 비혼이란 단어도 유행하기 전에 내가 너를 만나버린 것은 네 인생 최고의 행운이었던 것 알고 있지?

이혼하고
싶어
때
보는

Chapter 3

엄마는 페미니스트

그리고 오늘부터 아내도 페미니스트

예쁘다고 하지 마세요

나는 외모가 나쁘지 않은 편이다. 10~20대 때엔 예쁘다는 말을 자주 들었다. 재수 없게 들리겠지만 사실이 그렇다. 스스로 외모가 좀 괜찮은 편이란 걸 안다고 해서 '재수 없음'의 레벨이 더 높아지는 경우는 그 사람이 문자 그대로 '재수 없어서'인 경우라고 믿고 있다. 좀 더 정확하게 말하자면 '예뻤었다.' 보통의 기준에 예쁘다는 것은 좀 더 어린 아이들이나 젊은 여자에게 국한된 표현이니까. 이제는 예쁘다는 표현보다는 '멋진 엄마'나 '멋진 작가님', 또는 '글 너무 좋아요!' 같은 칭찬이 더 좋다.

예쁘다는 단어에는 오직 얼굴이나 외모 그 자체로 보이는 겉모습만을 묘사하는 데 그치는 감이 없잖아 있다. 어릴 때는 자주 듣던 그 칭찬이 기분 나쁘지 않았다. 못생겼다고 놀

리거나 자기 외모가 마음에 안 들어 거울 볼 때마다 스트레스를 받는다거나 매일매일 성형수술을 생각하는 것보다야 나으니까. 또 이놈의 세상은 예쁜 여자에게는 관대하다는 더러운 법칙이 너무 잘 지켜지는 곳이었으니까. 나는 없는 집에서 태어났지만, 외모가 나쁘지 않다는 장점의 덕을 보며 꽤 편하게 살아온 편이다.

그런데 언젠가부터 그 칭찬이 마음에 들지 않는다. 30대가 훌쩍 넘어서인지 그 단어보다는 '외모가 괜찮다.'라거나 '예쁜 애 엄마'라거나 '나이보다 젊어 보인다.'는 말로 대체되긴 했지만. 보통 그런 외모에 대한 칭찬을 하는 것은 남성이다. 누군가 나를 한두 번 보고 평가한다는 것 자체가 마음에 안 들기도 하지만, 그 첫인상이라는 게 결국은 외모나 말투, 패션스타일 같은 단편적인 외부의 모습만을 반영한 것이기 때문이다.

'네 놈이 날 얼마나 봤다고 평가를 대놓고 하지? 내가 예쁘건 말건 그건 내 사정이고, 너의 평가를 난 궁금하지도 않고 물어본 적도 없거든?'이라고 생각하곤 한다.

꽤 오래 알고 지낸 지인이나 내 글을 읽어 봐준 사람, 내 성격을 잘 아는 사람들이 하는 외모 칭찬은 진심으로 나를 기분 좋게 해주기 위한 것임을 알기에 그렇게 기분 나쁘거나 하지는 않다. 물론 안 하면 더 좋겠지만.

예쁘다고 해줘도 지랄이냐? 라고 말할 생각이라면 당신은 그냥 내 책을 그만 읽고 여기서 덮어주면 고맙겠다. 그것이 왜 마음에 안 드는지 설명하는 데 쓸 나의 시간과 노력마저 아까우니까. 주절주절 당신이 왜 틀렸는지 써주고 싶은 마음을 겨우겨우 눌러 담고 다음 단락으로.

타인의 나의 겉모습에 대한 평가가 싫어지기 시작하자, 그 혐오는 나에 대한 반성으로도 이어졌다. 과연 나는 누군가의 겉모습에 대해서 너무도 당연하게 좋아할 거로 생각하며 칭찬해버린 적은 없었나. 아무리 친한 친구라도 외모에 대해 거리낌 없이 지적해버린 적은 없었나. 아아. 젠장. 너무도 많다. 일일이 말할 수도 없다. 부끄럽기 그지없다. 내가 싫어하는 그 행동은 나도 많이 해왔던 행동이었던 것이다. 그걸 자각하고 나서는 최대한 그 짓을 하지 않기로 의식하며 살고 있는데, 잘 하고 있는지는 모르겠다. 나도 모르게 말이 뇌를 거치지 않고 나와 버리는 경우가 많아서. 더 조심해야겠다.

이런 나이지만 내 딸을 보고 예쁘다고 해주는 평가엔 어쩔 도리가 없곤 한다. 머릿속으로는 그놈의 외모 평가질을 멈추라고 신호를 보내지만, 내 입꼬리는 나도 모르는 새 슬쩍 올라가 딴청을 부리곤 한다. 어쩔 수 없는 도치맘('고슴도치맘'의 줄인 말)이다. 내 아이가 예쁘다는 말은, 아이는 제 부모를 닮으므로 곧 나를 닮았단 말이고, 고로 곧 나도 예쁘다는 것처럼 들리기도 한다. 그게 과잉해석이라 하더라도, 여성의 성별을 가진 딸이, 눈에 콩깍지가 씌어 사리분별을 못하는 어미애비가 아니라 제3자의 눈에도 객관적으로 예쁘다는 것은 '이 아이가 커가며 최소한 외모로 피해볼 일은 없겠구나, 최소한의 대접은 받고 살겠구나.' 싶은 안도감을 들게 하는 것은 어쩔 수가 없다. 그게 참말로 싫지만, 또 한편으론 안심이 되고 다행이다 여겨지는 것이 스스로도 짜증이 나고, 나아가 이 사회에까지 화가 난다. 이런 아이러니한 마음을 가지게 만들어서. 날 늘 이렇게 '불편한' 상태로 살게 만들어서.

앞으로는 나도 다른 집 아이를 칭찬하고 싶거나, 만약에라도 굳이 평가할 상황에 놓이게 된다면 절대 외모에 대해서나, 그 엄마가 입혀준 옷 스타일에 대해서는 말하지 않아야겠다고 다짐한다. 대신 그 아이가 얼마나 예의 바른지, 공부뿐만 아니라 얼마나 새롭고 다양한 능력이나 재능을 가졌는지, 세상을 보는 눈이 얼마나 예쁜지를 칭찬해야겠다. 그런 칭찬이 그 아이의 엄마를 더 행복하고 뿌듯하게 만들며, 그 아이의 세상을 넓혀 주는 칭찬이라는 것을 늘 인지해야겠다. 그런 현명한 어른이 되어야겠다. 이런 마음은 내 아이를 키워보아서 알게 된 것이다. 육아라는 게 또 이렇게 나를 한 치 더 어른스러운 어른으로 살아갈 수 있게, 나를 키우게 해준다. 고맙다, 내 사랑.

딸아,
공주드레스를 입지 않아도 넌 멋지단다

딸아이를 키우다보면 진심으로 피하고 싶지만 결코 피할 수 없는 관문이 하나 있다. 빠르면 세 살 무렵, 아무리 늦어도 네다섯 살에는 찾아오는 '공주병'이다. 물론 간혹 공주 치마, 왕관이나 엘사 드레스보다 자동차나 로봇 장난감을 더 좋아하고, 반바지와 운동화를 더 즐겨 입고 신는 여자아이들도 있다지만, 그 나이대의 절대다수 여자아이들은 핑크색에 열광하고, 공주 옷과 드레스에 열광한다. 그들의 옷장은 온통 분홍색으로 가득 차게 되고, 엄마가 입혀주는 대로 고분고분 귀염진 옷을 입던 아기들은 어느새 사라져있다.

어린이집에 갈 준비를 하는 아침마다 딸 가진 엄마들은 한바탕 전쟁을 치른다. 제발 그렇게 화장실 가기 불편하게 생긴, 따라서 어린이집 선생님도 싫어할 만한 그 치렁치렁한

샤드레스는 벗고 편한 쫄쫄이 바지나 추리닝 바지를 입으면 좋겠는데, 나의 상전님은 그딴 천쪼가리를 입어주실 리가 만무하다. 백 번에 한 번쯤은 그 추리닝 바지가 핑크색이라는 전제하에 입어주는 관대함을 베풀기도 한다. 그럴 때면 엄마는 황송해서 어쩔 줄을 모른다. 비위를 거스르지 않고 그 바지를 입혀 보내기 위해 아침부터 막대사탕을 쥐어주기도 하고, 머리 스타일만은 최대한 공주스타일로 정성을 다해 묶고 리본도 달아주고 하다 보니, 추리닝에 리본 치렁치렁한 언밸런스 스타일이 완성되는 코미디가 벌어지기도 한다.

나 역시 그녀와의 싸움에서 수없이 지고, 결국 그녀가 선택하는 것은 오직 치마와, 그것도 아랫단이 펄럭펄럭 넓게 퍼지는 공주 드레스 같은 치마라는 걸 알고 나서는 돈 낭비하기 싫어서 그런 옷만 사 모으게 되었다. 바지를 사놔봤자, 하늘색 바람막이 잠바나, 운동화를 사놔봤자 결국은 안 입고 안 신어 작아져 못 입게 될 때까지 처박혀 있다가 그것이 내 눈에 띌 때마다 신경만 긁어놓는다는 것을 깨달았기 때문이다.

이 나이 무렵의 여자아이들이 치마만 고집하는 것은 동화책이나 애니메이션에 등장하는 수많은 아름다운 공주님들이 늘 그런 모습으로 등장하고, 그런 공주들만이 멋진 왕자님의 선택을 받는다는 것을 무의식중에 학습했기 때문이다. 돈 많고 고귀한 신분의 예쁜 공주님은 언제나 멋들어진 드레스를 입고 한껏 부풀려 매만진 머리 모양을 하고 있다. 그래서 디즈니에서 새로운 신여성의 사상을 반영한 공주 캐릭터들을 내놓기 시작했을 때 나는 정말로 안도했다. 더 이상은 낡아빠진 백설공주와 신데렐라 스토리로 우리의 희망인 새 시대의 새 여자 아이들을 가르치지 않아도 되겠구나. 최소한 내가 보여주지 않아도 결국 알게 되어버릴 신데렐라와 백설공주 이야기가 이 세상 공주 이야기의 전부가 아닌 것을 알기만 해도 좋을 것 같았다. 그 수준의 변화만 있어도 깨어있는 엄마들이라면 어떤 공주가 진짜 멋진 공주인지 자신의 딸에게 일러줄 수 있을 테니까 말이다.

물론 하나뿐인 내 외동딸이 유행에 뒤처지거나 친구들과의 대화에 끼지 못하는 건 또 싫다. 당연히 나는 그녀를 데리고 「겨울왕국2」를 보러 가야만 했고, 그 극장에 수많은 네 살, 다섯 살 엘사 여왕님이 왕림하실 것을 안 봐도 알 수 있었기에 그녀에게 엘사 드레스도 사주었다. 그리 비싸지 않은 적당한 것으로. 또 웬만하면 공주 인형이나 인형의 집 같은 편향적인 장난감은 사주고 싶지 않았지만, 그런 장난감이 많은 친구네 집에서 놀다오면 어김없이 불쌍한 장화신은 고양이 눈을 한 채 갖고 싶다 말하기에 가끔은 모른 척 사주기도 했다. 그래도 이 정도면 나는 잘하고 있는 엄마라고 스스로 위안하면서. 또 때론 새로운 장난감을 가지고 노는 잠시의 시간 동안 나를 좀 혼자 둬 줬으면 하는 얄팍하고 이기적인 심산으로. 또 한편으로는 내가 어릴 적에 그토록 갖고 싶어 했으나 가져보지 못한 멋지고 으리으리한 삼층짜리 인형의 집이나 옷을 열 벌도 넘게 가지고 있는 마론 인형을 사주면서 대리만족을 하기도 했다.

어느 날엔가는 아이 친구의 집에 같이 놀러갔다가 그 친구가 가진 변신 공주 드레스를 보고 또 눈이 하트 뿅뿅 플러스 불쌍 가련한 표정이 되어 있는 딸을 발견했다. 그 집은 아빠가 딸바보라 엄마가 시키지도 않는데 늘 딸이 좋아할 만한 드레스나 공주 장난감, 화장하는 장난감 같은 걸 사다준다고 했다. 처음엔 그런 모습이 부러웠다. 내가 챙기지 않아도 애 아빠가 아이 장난감도 알아보고 사다주고, 저렇게 딸을 좋아하고 사랑하는 아빠의 모습이라니. 내가 늘 그리던 딸바보 남편의 모습이었다. 참고로 나의 남편도 물론 딸을 너무 사랑하지만, 딸과 아내는 그에게 늘 두 번째였다. 첫 번째는 자기 자신이다. 그러기에 육아에 관해서는 늘 한 발 물러나 있곤 했다. 내가 페미니즘을 들먹이며 이래라 저래라, 그딴 단어는 딸 앞에서 쓰지 마라 지적질을 해도 듣는 둥 마는 둥 하거나 귀찮다는 듯 알았다고 대꾸했다. 내 말에 반박하지 않는 데서, 그 정도의 수준에서 나는 만족해 버렸는지도 모르겠다. 이 대한민국에 두 발 벗고 나서서 페미니스트 서적을 읽고, 딸을 위한 섬세한 언어 사용에 대해 고민하고, 딸을 위한 동화책을 직접 선정하고, 젠더 중립적인 장난감을 골라주는 사랑스러운 아빠 따윈 존재하지 않을 것이다. 젠장.

친구의 공주 옷을 빌려 입고 한참을 신나게 놀던 딸에게 이제 집에 갈 시간이라고 하자 그 치마를 벗고 싶지 않다고 했다. 집에 돌아와 저녁에 남편에게 그날 있었던 일을 말해줬더니 그냥 하나 사주라고 했다. 심지어 아이가 불쌍하지 않냐고도 했다. 이런. 나는 나의 말에 그렇게밖에 대답하지 못하는 너의 머릿속이 불쌍하다, 남편아.

나는 공주 옷을 벗고 싶어 하지 않는 다섯 살 딸아이를 겨우 달래 집으로 데려왔고, 무릎을 꿇고 아이와 눈높이를 맞춘 채 말해주었다.

“OO야, 넌 그런 공주 드레스 입지 않아도, 엄마 아빠에게 제일 소중한 공주님이야. 모든 공주님이 꼭 드레스를 입는 건 아니야. 엄마랑 같이 읽은 『종이가방으로 만든 옷을 입은 공주님(원제: Paperbag Princess)』은 정말 멋지잖아? 드레스 입지 않고 있어도, 온통 불나서 다 타버린 곳에서 타다 만 종이가방으로 옷을 만들어 입고, 자기가 좋아하는 왕자님을 구하러 무서운 용에게 가잖아. 용기 있고 똑똑한 방법으로 용을 물리치고 왕자님을 구해내잖아. 그런데 정작 그 바보 같은 왕자님은 뭐라고 했어? ‘당신은 왜 그런 옷을 입고 있죠? 공주답지 않군요. 어서 가서 예쁜 드레스를 입고 머리도 정리하고 다시 나에게로 오세요.’라는 바보 같은 대답만 했지? OO이는 그 공주님이 멋있지 않았어? 엄마는 정말 멋지던데. 예쁜 드레스 입지 않아도 정말 멋있어 보였잖아. 자기 혼자서 용을 물리치러 갈 줄도 알고, 바보 같은 왕자님이 하라는 대로 해서 그 바보랑 결혼하지도 않았지.”

그러자 아이는 더 이상 공주 옷을 사달라고 떼를 쓰지 않았다. 묵묵히 그 새까만 눈동자를 내 얼굴에 고정한 채 내 말을 듣고 있었다. 내 말을 100%는 아니겠지만 80%정도는 이해한 것 같았고, 나는 정말로 뿌듯함을 느꼈다.

아싸. 돈 굳었다.

여자아이들이 다양한 색깔과 다양한 스타일의 옷을 입고 어린이집에 갔으면 좋겠다. 서로가 서로의 핑크홀릭에 영향을 주고받지 않았으면 좋겠다. 여자아이들의 공주병을 고쳐나갈 수 있는 세상이 되면 좋겠다. 반대로 남자아이들이 키즈카페에서 공주드레스를 입어보고 싶다고 해도 당황하지 않는 엄마들이 많아지면 좋겠다. 한술 더 떠 엘사 드레스를 하나 사준다면 좋겠다. 누가 알겠나. 그 아이가 커서 세계적인 여성복 디자이너가 될지. 또! 말하지만 모든 딸 가진 아빠들이 진정한 의미의 찐 페미니스트가 되었으면 좋겠다. 그것이 딸의 진정한 행복을 바라는 아빠의 모습임을 깨닫고, 또 실천했으면 좋겠다.

하지만 나는 역시 또 알고 있다. 스스로 이런 책을 사거나 빌려보는 남자들은 거의 존재하지 않는다는 사실을. 그러니 여성들이여, 이 책을 읽고 남편과 남자친구들에게 권하라. 또 널리 퍼뜨려서 그네들의 남편과 남자친구 중 어느 하나의 얼간이라도 더 구원하도록 하자. 그것은 선순환이 되어 내가 돈에 구애받지 않고 찐 페미니스트로서 더 열심히 공부하고 살아가며 더 좋은 글을 쓰게 해주리라. 감사합니다. 아멘. 나무아미타불.

아이의 유머감각은 부모의 언어습관을 닮는다

못하는 말 빼고 가리지 않고 내뱉는 나의 거울과 같은 다섯 살 아이를 보노라면 한 사람이 가진 유머감각이 얼마나 중요한지 생각하게 된다. 여기서 유머감각이란 얼마나 웃기느냐가 아니라 어떤 것을 즐겁다고 받아들이냐 하는 센스에 관한 것이다. 나는 그다지 웃긴 사람은 아니지만, 나에게 타인을 말로 웃기고 싶어 하는 개그 본능이 있음은 확실하다. 말을 잘한다는 것은 글을 잘 쓴다는 것과도 일부 상통하고, 말 잘하고 글 잘 쓴다는 것은 눈치도 빠르고 머리도 빠릿하다는 것과 일부 관련이 있다 생각한다. 그래서 작가와 개그맨은 엄청난 사람들이라고 생각한다. 유세윤이나 장도연 같은 개그맨/우먼을 보면 참 똑똑하다는 생각이 든다.

아이가 만 네 살 즈음 되면 깨어있는 낮 시간의 대부분을 말이나 노래를 쉬지 않고 한다. 언어이해력이 꽤 높아져서 엄마 아빠와 농담 따먹기도 할 수 있고, 거짓말도 가끔 하며 각종 언어유희를 즐기기 시작함을 볼 수 있다. 특히 어떤 대목에서 장난치고 웃는지를 살펴보면 아이가 가진 유머에 대한 이해는 당연하게도 상당부분 부모의 그것과 닮아있음을 알 수 있다. 발달과정에 맞게 똥, 방구 같은 농담 소재거리를 좋아하기도 하지만, 재밌는 의성어, 의태어 등의 실감나는 흉내를 보며 깔깔대기도 한다. 하지만 여기서 중요한 지점은 바로 엄마 아빠가 늘상 하는 농담의 형태를 그대로 받아들이며 '아, 저렇게 하는 것은 웃기는 것이구나.'를 인식하게 된다는 것이다.

예를 들어 엄마, 아빠가 서로 바보 흉내 내기를 하며 자주 웃는다면 '그런 행동 = 웃기는 행동 또는 웃어도 되는 행동'으로 무비판적으로 수용하게 될 것이고, 엄마 아빠가 좀 더 고차원적인 대화나 언어유희를 써가며 서로 농담을 주고받고 즐겁게 웃는 것을 보며 자란 아이는 자연스레 언어를 즐기며 자유롭게 사용하게 될 것이다.

언젠가 짧은 여행을 다녀오는 길, 차 안에서의 긴 이동시간에 지쳐있는 아이를 달래주기 위해 이것저것 이야기를 하며 시간을 보내고 있었다. 무심코 창밖을 보고 있던 아이는 뭉게구름이 예쁘게 핀 파란 하늘의 모습이 우리 차 앞에서 달리는 차의 뒤창에 그대로 비친 것을 보며 신기한 듯 소리쳤다.

"엇! 엄마아!! 저 차는 창문에 구름이 있어! 우와 신기하다! 저 창문에는 왜 구름 그림이 있어??"

유난히 예쁜 구름 모습이 직사각 창문에 그대로 옮겨 담긴 모습은 마치 처음부터 창문에 구름 스티커라도 붙여놓은 모양새였다. 귀여운 질문에 나는 창문에 하늘이 비친 것이라고 답변해주었지만, 비친다는 말의 정확한 의미를 몰랐던 것인지, 아니면 도대체 어떻게 거울도 아닌 창문에 저 높은 하늘 위의 구름이 비칠 수 있는지 이해가 되지 않는 것인지 아이는 짜증 어린 목소리로 다시 질문을 했다.

"아니이~ 하늘에 있는 구름이 오~떠케! 져어~기 창문에 갖다 붙은 거냔 말이야아~!"

귀여운 신경질적인 재차 질문에 나는 나의 과학적인(?) 팩트 답변이 제대로 먹히지 않았음에 약간 실망과 귀찮음을 느끼며 퉁명스레 대답했다.

"어떻게긴~ 처~~얼썩~!!!" (붙었지)

철썩이란 짧은 한 단어의 답변에 아이는 엄마의 의도를 이해한 건지 만 건지 깔깔깔거리며 웃기 시작했다. 궁금증을 제대로 해소하지 못한 데서 오는 신경질은 순식간에 반짝이는 웃음소리로 변했고, 차 안은 즐거운 공기로 가득 찼다. 내 아이의 귀엽고도 만족하는 웃음소리를 듣고 어찌 따라 웃지 않을 수 있을까.

이 같은 경험들이 몇 번 반복되면서 나는 이 나이의 아이에게 특히 더 섬세하게, 예쁘게, 그리고 재미있게 모든 질문에 답변해주고 또 질문해주어야겠다는 생각이 들었다. 부모라고 해서 아이의 모든 질문에 완벽하게 답할 필요는 없다. 그럴 수도 없고. 모르는 것은 같이 인터넷이나 책을 찾아보는 행위 자체로 좋다. 그 과정이 함께 즐겁다면, 그 결과가 꼭 지식의 보탬이 아니더라도 주고받는 문답 속에 찹쌀떡 같은 유대를 쌓고 지식 아닌 그 무언가를 부모로부터 아이가 배울 수 있다면. 아이가 제 부모로부터 배워야 할 것은 바로 그런 것들이란 생각이 든다.

나의, 그리고 남편의 무심코 웃는 장면을 보며 아이가 잘못된 유머감각을 체화하지 않기를. 그러기 위해서 나의 거울을 위해 더욱 더 자기검열(?)을 거친 언어를 구사하는 엄마가 될 수 있기를. 그러기 위해 항상 더 많이 생각하고 읽고, 같이 공부하는 엄마가 되기를. 나의 거울이 예쁜 사람이 되어 또 누군가의 사랑과 존중을 받는 세상에 필요한 사람이 될 수 있기를 바라며.

아이들은 부모를 사랑함으로써 출발하고 나이가 들면서 부모를 평가하며 때때로 부모를 용서하기도 한다.

Children begin by loving their parents; as they grow older they judge them; sometimes they forgive them.

- 오스카 와일드

시로 이야기하는 페미니스트의 육아(1)
- 페미니즘

페미니즘

네 외모를 평가하는 외부의 눈길에

지배당하지 말라

브라를 벗고도 당당해라

페미니즘 기사를 읽고

고개를 끄덕이면 뭘 하나

오늘 아침도 과일은 싫다

빵만 먹겠다는 딸에게

해시태그 '뚱뚱', '날씬'을 검색해

보여주는 내 모습

네가 좋아하는 공주님은 날씬하다는
편견을 주입하는 내 모습
내 딸은 그래도 피해자로 주눅 들어
살지 않길, 예쁜 여자로 편히 살길
바라는 엄마의 마음이라기엔
찜찜한 이 기분
수많은 미투에도 아직 변하지 않는
세상을 보며 내 탓이 아니라고 할 수만도
나 자신도 모순이었음을

한창 육아시를 많이 써대던 작년에, 딸아이가 네 살이었을 때 쓴 시다. 한창 미투 운동이 일어나던 시기였고, 시를 SNS에 올렸더니 딸 가진 지인들의 격한 공감을 받았다. 당시 대여섯 살이던 외동딸 하나를 키우던 대학동창은 이런 댓글을 남겼다.

"격하게 공감. '외모가 중요한 게 아니지.' 하다가도 학교폭력에서도 예쁜 애들은 제외대상이란 소리에 '예쁘게 키우는 게 안전하게 키우는 건가.' 하는 생각도 들고. 예쁘고 똑똑하고 키 크고 날씬하고 성격까지 좋은 사람은 없는데…. 내 새끼는 그랬으면 좋겠고….”

그 외에도 “멋있다.” “엄마 화이팅!” “현실을 극복해보자.” 등의 댓글이 달렸다. 모두 내 또래의 여성들이었다. 긴 댓글을 남겨준 대학 동창의 마음이 꼭 나의 마음이었고, 그런 모순되고 내가 봐도 별로인 내 마음을 시로 표현한 것이었다.

나는 결혼 후 두 가지를 계기로 페미니스트로 다시 태어났다. 첫 번째는 앞에서도 말한 적 있는 극한의 고부갈등 때문이고, 두 번째는 하나뿐인 너무도 소중한, 그래서 그녀를 위한 시를 백 편도 넘게 지은, 나의 자식이 아들이 아니라 딸이라는 사실 때문이다. 더 이상 아이를 낳을 계획이 없는데, 만약 내가 딸이 아니라 아들을 낳았다면 페미니스트로 각성하지 못했을지도 모르겠다. 너무도 소중해 불면 날아갈까, 만지면 부서질까 애지중지 키운 내 분신이 여성으로서 살아가기에 이 세상이, 이 대한민국이 아직은 너무나도 불합리한 성차별의 세상이요, 험난한 가시밭길이라 생각되었기 때문이다. 내가 살면서 겪은 온갖 것들, 『82년생 김지영』이 바로 자기 이야기라며 부르짖는 수많은 80년대생 여성들, 강남 한복판에서 무자비하고 무차별적으로 벌어지는 여성혐오 범죄들, '어떤 자살은 가해'임을 보여주는 많은 사건들…. 부러 나열하기 힘들고 지칠 만큼 아직 이 사회는 여성이 자기 능력껏, 소신껏, 행복하게 살아가기에 힘든 점이 많은 기울어진 사회이다.

작은 가슴이 왠지 부끄러워, 젖꼭지가 드러나는 것이 창피해, 남자들의 시선에 갇히게 될까봐, 혹은 오히려 여자의 날카로운 시선에 꽂히게 될까봐, 뒤에서 수군거리는 소리를 듣게 될까 봐 단 한 번도 브래지어를 하지 않고 외출해본 적이 없다. 서구권에는 브래지어를 하지 않는 게 아무렇지도 않은 나라도 많은데 말이다. 아이가 돌이 될 때까지 모유만 먹여서 키웠는데, 6개월까지는 영국에서 살았기에 커피숍이나 식당 등에서도 수유할 시간이 되면 자연스럽게 아기에게 젖을 물렸다. 스카프로 적당히 가리기만 하거나 조금 뒤돌아 앉아 눈에 띄게 드러나지 않을 정도로만 나를 검열했다. 한국에 돌아와서는 아기와 외출할 때는 수유하기 편한 장소, 예를 들면 수유실이 있는 백화점이나 대형마트만 찾게 되었다. 사정이 여의치 않을 때에는 선팅 되어 있는 차의 뒷좌석에서 먹이거나 수유시간이 되기 전까지만, 그러니까 기껏해야 두어 시간만 아이를 데리고 외출할 수 있었다.

여성의 가슴이 어찌하여 이런 꼭꼭 숨겨야 하는 것이 되었는지 알다가도 모를 일이다. 한국에서 공공장소에서 대놓고 젖을 물렸다간 지나가는 꼰대 영감들의 음흉한 시선과 함께 "어디 여자가 이런 데서 젖을 내놓고 있어!" 같은 윽박지름을 받을지도 모른다. 엄마뻘 되는 중년여성들은 아마도 당장 뛰어와 자기 옷으로 나의 가슴을 가려줄지도 모르겠다. 남녀불문하고 아이를 낳아본 적 없는 젊은이들은 그런 내 모습을 몰래 카메라에 담기 바쁠 것이고. 아이와 가슴을 드러내놓은 내 사진은 금세 인터넷을 떠돌게 되겠지. '공공장소에서 젖 물리는 맘충.' 이런 가슴 아픈 제목을 단 채로.

여성의 신체에 대한 검열은 '젖'에 대한 것뿐 아니다. '보기 좋은 몸매'라는 것으로 이름 지어져 평생을 다이어트에 목매게 만든다. 그 수많은 다이어트 한약들과 다이어트 보조제들. 그리고 지방흡입술과 가슴확대수술과 온갖 시술들. 거기에 들어가는 온갖 정신적인 스트레스와 막대한 비용은 또다시 '꾸밈비'라는 것으로 둔갑하여 역사적으로 여성을 '된장녀'로 재탄생시키는 데 일조했다.

날씬한 몸매뿐 아니라 패션과 화장 역시 마찬가지이다. 이에 맞서 요즘은 많은 페미니스트들이 '탈코(탈코르셋)' 선언을 하고 여태 자신들을 옭아매온 각종 코르셋들을 벗어던지기 시작했다. 치렁치렁 긴 머리를 숏컷으로 잘라버리고 온갖 색조화장품과 하이힐을 버린다. 외출할 때는 자외선차단제 정도만 바르고, 내 몸에 잘 맞고 편안한 옷 위주로 입는다. 나는 아직 그 정도의 용기는 없어서 제대로 실천하지 못하고 있지만 막 성인이 되어 꾸미기에 환장했던 20대 초반 잠시를 제외하곤 불편한 것이 싫어 하이힐을 신어본 적이 없다. 지금 신발장에는 운동화와 단화 정도만 있다. 색조화장은 원래 립스틱 외에는 한 번도 해본 적이 없었고, 코로나 덕분에(?) 그나마 하던 피부화장도 안 하고 다닌다. 마스크에 묻어나는 것도 싫고, 어차피 마스크로 다 가려지는 마당에 곱게 화장한 예쁜 얼굴이 필요한 경우가 없기도 해서이다.

한편 내 딸아이는 평균보다 아주 살짝 통통한 편인데, 내 눈에는 그 모습이 너무나도 사랑스럽고 귀엽지만 틈만 나면 젤리나 초콜릿 등 살찌는 간식을 먹어대려고 하니 솔직히 걱정이 되었다. 어렸을 때 한번 그 숫자가 늘어난 비만세포는 성인이 되어서까지도 개수가 줄어들지 않아 성인 비만으로 이어지기 쉽다고 들었다. 우리 부부를 볼 때 살이 심하게 찔 체질이 아니긴 하지만, 행여나 '뚱뚱한 여자'로 자라나 평생 놀

림 받고, 평생 자기를 검열하고 옥죄며 살지 않았으면 하는 마음이 있었다.

솔직히 말하면 스스로 페미니스트라고 부르짖는 지금까지도 그녀의 간식을 적당히 조절하려고 애쓴다. 건강을 위해서 조절하는 정도야 나쁘지 않지만, 부모로서 당연한 건지도 모르지만, 문제는 아이가 하루에도 몇 번이나 젤리나 사탕 같은 걸 먹으려고 하면 "너 그거 또 먹으면 뚱뚱해진다! 뚱뚱해지면 네가 그렇게 좋아하는 치마 입어도 안 예쁘다!" 하는 수법을 사용한다는 점이다. 그 방법이 한창 공주병에 걸린 다섯 살 여자아이에게 너무도 잘 먹힌다는 게 속상하다. 사실은 이런 식으로 여자아이들이 그 엄마 아빠도 모르는 새, 가장 처음 만나는 사회인 엄마 아빠로부터 '뚱뚱한 것은 나쁜 것, 혹은 안 예쁜 것'이란 편견을 주입받으며 자라는 것인지도 모르겠다.

그리하여 나는 그런 약아빠진 가짜 페미니스트 엄마로서 딸아이가 예쁜 여자로 살며 좀 더 편하고 쉽게 삶을 살 수 있었으면 한다는 핑계를 댄다. 그것이 잘못된 것인 줄 알면서도 한다. 나를 이런 나쁜 엄마, 거짓 페미니스트로 살게 하는 것을, 나의 용기 없음이 아니라, 이 사회의 분위기와 악습 때문이라고 도리어 나를 방어한다. 아이가 "엄마아~ 하리보 곰젤리 하나만 더 먹으면 안 돼?" 하며 세상 사랑스러운 눈빛을 발사하고 몸을 베베 꼬며 말할 때 어떻게 대답해야 현명한 엄마인 걸까? 아직은 잘 모르겠다.

그래서 글을 쓰고 책을 읽고 공부를 한다. 최소한 잘못된 것을 알기에 그런 대답이 잘못된 것인 줄도 모르는 엄마들보다는 낫다고 스스로를 위안한다. 아직도 내공이 부족함을 탓하며. 엄마도 사람이기에 언제나 완벽할 수 없음을 알기에. 어쨌든 내일은 오늘보다 나은 대답을 할 수 있기를 바라며. 그것만으로도 내 아이가 엄마를 현명한 엄마로 후하게 평가해주기를 기대하면서.

시로 이야기하는 페미니스트의 육아(2)
- 결혼

결혼

엄마랑 아빠랑은
결혼해서 같이 사는 거야
OO이는 누구랑 결혼할 거야?

음… 오늘은 하준이
내일은 주안이!
어린이집에 가면
여자친구 시윤이랑
너는 공주님, 나는 왕자님
드레스 입고 왕관 쓰고

요술봉 샤랄라~하면 짠 결혼!

네가 어떤 삶을 살든
누굴 사랑하든
그게 남자든 여자든 고양이든
혹은 일이든 공부든
무엇을 좋아하든
엄마는 널 지지하도록
노력하고 공부하는
엄마가 되어볼게 사랑해

이 시를 쓸 때만큼은 진심이었다. 하지만 만약 정말로 딸아이가 나중에 커서 본인이 동성애자임을 어렵게 고백하거나, 결혼을 하지 않겠다고 하거나, 아이를 낳지 않겠다고 하거나, 평생 고양이랑 둘이 살겠다고 하거나, 돈은 대충 파트타임이나 비정규직으로 그때그때 메뚜기처럼 벌며 원룸에서 살고, 평생 집 살 생각도 없이 돈 모아 세계여행이나 다니며 살겠다고 한다면 나는 어떤 표정으로 아이를 마주하게 될까?

결혼이란 것이 미디어가 보여주듯, 나의 결혼 앨범과 아이의 삼촌숙모의 결혼사진이 보여주듯 '여자는 예쁜 하얀 드레스 입고, 남자는 턱시도 입고, 하객들의 축하를 받으며 하는, 즉 신데렐라와 왕자님의 무도회 장면 같은 것'이라고 아이가 생각하고 있는 것이라면, 나는 어디서부터 그 생각을 바로잡아주어야 할까. 이미 그 신데렐라 동화책을 수백 번 읽어준 것도 나요, 내 결혼사진을 보여주며 아무런 부가설명을 해주지 않은 것도 나인 것을. 다행히 네다섯 살의 인간 생명체라는 것은 어른이 무언가 잘못 말하거나 행동했을 때에도 금방 잘못을 수정하거나 사과하면 금세 또 받아주고 순수한 얼굴로 웃어주는 존재이다. 그 모습이 어찌나 고맙고 머쓱 미안한지. 쑥스러우면서도 또 그런 아이가 사랑스러운지…. 그리하여 나는 아이가 수백 번 보고 또 봐서 이미 너덜너덜해진 백설공주와 신데렐라 동화책을 아이의 책장에서 치워버렸다. 대신 새로운 공주상을 지닌 공주님 동화책들을 열심히 사대고, 도서관에서 공수했다. 다섯 살의 '기승전공주'를 바꾸기 힘들다면, 멋진 여성의 모습을 보여주는 새로운 공주들이라도 보여주어야겠다고 생각했다. 나의 잘못을 만회하고 싶어서. 지친 얼굴로 귀찮음에 못 이겨, 백설공주와 신데렐라의 행동과 말투가 마음에 들지 않으면서도 그냥 계속 읽어준 스스로를 반성하기라도 하듯이.

"다시는 당신과 헤어지지 않겠어요. 나와 결혼해주시겠어요?" 하고 왕자가 청혼할 때, 볼이 빨개진 수줍은 얼굴로 왕자의 손을 살포시 잡으며 "네. 왕자님." 하고 대답하는 신데렐라. 으악! 말도 안 된다 젠장. 신데렐라를 수백 번 읽고 머릿속에 백마 탄 왕자님이 언젠가 짜라짠~ 나타나 불우한 나를 구원해주고 그 뒤로는 아무런 부부갈등도 없이 "오래오래 행복하게 잘 살았습니다~~!! 끄읏!!" 하는 이야기라니. 토가 나올 것 같다.

신데렐라와 왕자가 과연 행복했을까? 그 둘은 무도회에서 만난 것 말고, 결혼 전에 섹스라도 해본 사이였을까? 왕자가 혹시나 성불구자는 아니었을까? 왕자의 부모인 왕, 왕비가 신데렐라에게 시집살이를 시키지는 않았을까? 혹시 첫아이가 딸이어서 산후조리 중에 시아버지인 왕이 들이닥쳐서는 "둘째는 왕자일 거다. 어서 가져야지." 하진 않았을까? 신데렐라는 못된 새어머니와 이복언니들 덕분에 손에 물마를 날 없이 고생만 하다가 손에 물 한 방울 안 묻히고 진짜 공주처럼, 동물원의 원숭이처럼, 고상하게 살게 되어 평생 행복했을까? 어쩜 수동적이고 의존적인 여성이라 행복했을지도 모른다. 돈이 없어서, 형편 때문에 사치를 못 부린 거지, 왕자비가 되어 온갖 보석을 몸에 걸치고 다니며 진정한 된장녀가 되었을지도 모른다. 차라리 그러다가 그 왕국의 트렌드세터가 되어 의상이나 보석 디자이너로 크게 성공하여 사업체를 차리고 CEO라도 되었으면 좋겠다. 그 동화가 그저 "(결혼 후에는) 오래오래 행복하게 살았답니다."라고 끝나지 않았으면 좋겠다.

내 딸을 위해서 검열해야 할 동화책이 얼마나 많을지, 검열해야 할 애니메이션 프로그램이 얼마나 많을지, 상상만 해도 한숨이 나온다. 아이 하나를 잘 키우기 위해서 얼마나 많은 노력을 해야 하는지, 아들이 아닌 딸인 경우에 그 노력이 배가 되는 것 같아서 화가 난다. 물론 아들 가진 부모도 여러 고충이 있을 것이다. 잠재적 성범죄자 취급받지 않을 교육을 한다든지, 버스나 지하철을 탔을 때 '쩍벌남'이 되지 말라고 가르친다든지. 혹은 미래의 며느리를 위해 '아들 잘못 교육시킨 구시대적 시어머니'가 되지 않도록 옛날과는 다르게 각종 집안일과 요리도 딸과 똑같이 가르쳐야 할 것이다.

그러나 최소한 나처럼 모든 미디어와 동화책을 눈 흘겨보진 않아도 되지 않는가. 나는 그 지점이 화가 나고 억울하고 가슴이 아프다. 이 세상에 아직 그런 억울한 일과 차별받는 일과 비합리적이고 모순적인 일들이 많다는 사실을 내 딸에게 가르쳐주어야 함을, 특히 여성에게는 더 자주 그런 일들이 벌어지곤 한다는 사실도 가르쳐주어야 한다는 게 너무도 피곤하다. 하지만 해야만 하는 일이고, 할 것이다. 그녀를 너무나도 사랑하니까. 그녀가 행복했으면 하니까. 차별받고 억울한 일을 당하고, 자기 옷과 몸매와 얼굴과 화장을 검열하며 살게 되더라도, 최소한 무엇이 잘못인지는 알기를 바라니까. 그런 내 마음을 눌러 담은 또 다른 시 한 편으로 이 글을 마무리하고 싶다.

이유

삶의 의미가 희미해질 때
귀차니즘에게 정복당했을 때
가만히 내 아기를 끌어안고
왼쪽 가슴에 귀를 대어본다
쿵쿵쿵쿵쿵쿵쿵쿵!
어른의 그것보다 한 박자 빠른
생동하는 삶
살아갈 이유가 더 많은 삶
너는
내가 살아야 할 이유는 아니지만

나는

네가 살아갈 날들,

네가 살아낼 세상을

한 치라도 더 아름답게 만들

의무를 가진 자

부끄럽지 않은 어른으로

살아가게 해주는 나의 인도자

영원히 고통받는 여자들과 영원히 억울한 남자들이 사는 곳

통계청과 여성가족부에서 '2020 통계로 보는 여성의 삶'을 발표했다. 2019년 기준, 맞벌이 가정에서 여성의 하루 평균 가사노동 시간이 남성보다 무려 3배가 넘는단다. 여성은 평균 3시간 7분, 남성은 54분이었다. 이 통계자료를 소개한 기사를 읽고 기사에 달린 댓글을 보는데 '웃픈' 댓글 하나가 눈에 띈다.

'54분? 웃기네. 54초겠지.'

그 댓글 아래로는 공감돼서 웃음이 난다는 여성 동지들의 댓글과 '네 남편만 그런 거야. 난 아니야.'라는 한 남성의 방어적 댓글, 심지어는 '당신이 안 예뻐서 그런 것'이라는 성희롱

성 댓글마저 달리다가 흔한 온라인상의 남녀분쟁으로 번지고 있었다. 언젠가부터 시작된 여혐논란에 한남논란이 추가되어 이런 주제의 기사라도 하나 올라오면 남녀가 서로 죽으라고 헐뜯고 공격하곤 하는데, 나는 대한민국의 이 현실 자체가 너무 안타깝다.

어차피 남자와 여자가 만나 결혼하고 사는 이성애자 기혼 커플이 절대 다수를 차지하는데, 서로 싸워서 좋을 게 뭐란 말인가. 상대편이 왜 그리도 공격적으로 변했는지, 억울하다 울부짖는지 서로 한 발씩 양보해서 들어보는 자리들이 많아지면 참 좋을 텐데. 어차피 서로가 서로의 적으로 평생 살 수는 없지 않은가. 급진적 페미니스트라고 해서 여자들끼리만 사는 사회를 만들 수도 없고, 보기 싫어도 남성들과 어울려 살아야만 한다. 일상의 삶에서 남성과 아예 마주치지 않고 살기란 불가능하다. 물론 반대인 남성의 경우도 마찬가지이다.

수많은 여성이 힘들다고, 괴롭다고 외치는 데에는 그럴만한 근거가 충분하다. 위의 통계자료만 해도 그렇고 내 주변의 많은 맞벌이 여성들을 봐도 그렇다. 자주 가는 맘카페를 보면 출산이나 육아휴직에 들어갔다가 곧 복직을 앞둔 워킹맘들의 걱정 어린 글들이 자주 올라온다.

'다음 주가 복직인데, 이 어린 것 어린이집에 저녁까지 종일 맡기려니 정말 발길이 안 떨어져요.'라든가, '이 근처에서 저녁 7시까지 맡길 수 있는 유치원이나 어린이집 어딘가요?' 같은 정보를 요청하는 글. 또는 아이는 어린이집에 맡기고 복직해서 일이 년 일하다가 아이가 불쌍해서 퇴사하기로 했는데, '퇴사하고 외벌이로 괜찮겠죠? 경력 단절되는 것 너무 두려워요.' 같은 글들.

그리고 남편과 똑같이 맞벌이로 일하는데, 남편은 집안일 손 하나 까딱 안 해서 미치고 팔짝 뛰겠다는 글들. 맘카페에 이런 워킹맘들의 눈물 어린 스토리들이 숱하게 널려있는데, 과연 그 아이 아빠들은 아이가 생기고 나서 회사생활에서 달라진 게 있을까?

맘카페라는 게 언젠가부터 생겨서 유행하게 되면서 이제 모든 지역마다 그 지역의 맘카페가 있다. 나도 이사하게 되면서 지역 맘카페부터 찾아서 가입할 정도였다. 맘카페에는 일상을 공유하는 글도 많지만, 그 지역에서 아이를 키우는 데 필요한 온갖 정보들이 있어서 육아에 필수적이라고 할 수 있기 때문이다. 맘카페에는 전업맘이건 워킹맘이건 모든 애엄마들이 있는데, 거의 모든 기혼여성들이 하나 이상의 맘카페에는 가입되어 있다고 봐도 무방해서, 요즘에는 많은 기업들이나 그 지역 업체에서 광고 타깃으로 잡기도 하는 곳이다.

맘카페는 있는데 왜 대디카페 또는 아빠카페는 별로 없을까 생각해본 적이 있다. 많은 아이 있는 기혼 남성들이 육아의 주는 엄마여야 한다고 생각하며 한 발 뒤로 물러나 있어서 그런 것 아닐까? 아무리 육아에 참여도가 높고 가정적인 남편이라 하더라도, 내 아이가 쓰는 기저귀 브랜드가 무엇인지, 호수는 무엇인지까지 아는 아빠나, 아이 발달 시기에 맞는 동화책 전집은 어떤 것인지까지 세세히 아는 아빠는 드물다. 그러니 가사와 육아에 더 많은 시간을 할애하고 있는 수많은 워킹맘들은 늘 힘들고 지친 상태일 수밖에 없다. 어떤 남편은 "그럼 당신이 나만큼 더 많이 벌든가."라고 하기도 한단다. (욕은 삼가도록 하겠다.)

다시 그 통계자료를 소개한 기사로 돌아와, 외벌이 가정에서 여성의 가사 시간은 5시간 41분, 남성은 53분이었다고 한다. 남성은 맞벌이든 외벌이든 집안일 하는 시간이 비슷하다는 건데, 얼마나 수많은 기혼 맞벌이 여성들이 돈 벌면서 죽어나게 혼자 가사도 도맡아 하고 있는지를 보여주는 대목이다.

더 미치고 팔짝 뛸 노릇은 아내가 혼자 돈을 버는 가정에서도 여성은 2시간 36분, 남성은 1시간 59분으로 여성이 더 많은 가사노동을 한다는 통계자료였다. 안다. 어디까지나 통계자료인 것이고, 평균치라는 것을. 세상에는 제대로 개념을 탑재한 남자도 많다는 것을. 하지만 이 수치가 보여주는 명백한 현실은 아직도 수많은 기혼여성이 과도하게 편중된 가사노동에 시달리고 있다는 것이었다.

가사노동에 대한 통계 외에도 여성 고용률에 대한 통계 또한 골때리긴 마찬가지였다. 2019년 여성 고용률은 51.6%로, 남성 고용률 70.7%보다 19.1% 낮았다. 여성 고용률은 20대 후반에 71.1%로 가장 높고, 결혼, 출산, 육아 등 경력단절로 30대 초반은 64.6%, 30대 후반에서는 59.9%까지 내려갔다. 고용과 승진의 기회까지 포함한 커리어의 문제, 유리천장 이야기까지 하면 끝도 없을 것 같다. 나보다 훨씬 더 잘 설명해 놓은 많은 사회서적과 기사, 논문 등이 이미 많기도 하고.

수치를 예로 들면서까지 내가 하고 싶은 말은 이것이다.

'영원히 고통받는 여자들과 그로 인해 영원히 억울한 (나쁜 소수를 뺀 다수의) 남자들이 사는 이 세상을 좀 같이 바꾸어 가자.'고. 같이 힘을 합쳐서 말이다. 이 씁쓸하고 바람직하지 못한 통계치가 바뀌는 세상이 오기를 간절히 바란다. 그 고통을 뼈저리게 겪으며 6.25 이후 최대 내전을 겪고 있는 바로 우리 세대로부터 그 노력이 시작되어야 함은 말해 무엇하겠는가.

* 「맞벌이 여성 가사시간 아직도…'남성의 3.4배'」 2020.9.2. 한겨레 신문 기사를 참고하였습니다.

페미니즘 성교육?

무심코 SNS를 뒤적거리다가 놀라운 사실을 알게 되었다. '부산 성교육 버터스푼 상담소' 계정에서 올린 글이었는데, 바로 난자에 대한 이야기였다. 어렸을 적 학교 성교육 시간에 지겹도록 들었던 '정자의 대모험' 스토리를 모두들 기억할 것이다. 몇억 개의 정자가 경쟁하듯 난자를 향해 달려가기 시작해 여러 고난과 역경을 이겨내고 마침내 수정에 성공하는 마치 한 편의 대서사시 같은 그 이야기 말이다. 그런 걸 성교육이랍시고 받으며 자란 우리 세대에게 정자는 경쟁, 능동, 성취, 쟁취 같은 적극적인 이미지로 각인되어 있고, 그러는 동안 난자는 늘 정자를 기다리기만 하는 수동적인 이미지로 남겨져 있었다.

사람들은 난자에 대해서 얼마나 알고 있을까. 기껏해야 난소에서 만들어져 정자를 만나기 위해 나팔관으로 움직인다는 정도만 알고 있다. 난자는 인체에서 가장 큰 세포라고 한다. 여성은 태어날 때부터 평생 쓸 난자의 개수가 한정되어 있다. 난포 세포라고 하며, 태아기에 700만 개, 태어날 때 100-200만 개, 사춘기를 시작할 때쯤엔 30-50만 개로 줄어든다고 한다. 그중 난자로 배란되는 것은 평생 400-500개 정도란다.

그런데 알려진 것과 다르게 혹은 거의 알려진 바가 없듯이, 난자의 탄생은 정자의 레이스만큼이나 치열하다고 한다. 난포자극호르몬에 의해 매달 천 개에 가까운 난포들이 동시에 성숙하고, 그중 단 하나의 난자만이 터져 나와 나팔관으로 가게 되는 것이다. 난자도 정자만큼이나 경쟁을 통해 탄생하고 능동적인 힘으로 난소에서 폭발적으로 튀어나와 약속된 장소인 나팔관으로 나아가는 것이다. 레이스에서 이겨 1등으로 난자에 도착한 정자가 난자와 결합한다는 것 또한 최근의 연구에서는 뒤집어지고 있다고 한다. 난자가 화학신호를 내보내 스스로 선택한 정자를 끌어들인다는 연구논문도 발표되었다.

정자는 난자의 여포액에 포함된 화학 물질에 반응해 이동하는 수동적 존재인 반면, 난자는 마지막 순간까지 수정에 적합한 정자를 골라내는 능동적 존재이다. 지금도 많은 사람들에게 익숙한 '경쟁적인 정자 대 조신한 난자' 이야기는 사실 과학자의 실험실에서는 이미 1970년대부터 퇴출되기 시작했다. 실험식 밖의 세상은 인간의 이 두 생식세포에게 여전히 전통적인 남성과 여성의 이미지를 부여하고 있지만 말이다.

난자와 정자에 대한 생물학적 지식 및 묘사의 변화는 과학과 성차별, 그리고 여성의 관계를 잘 보여준다. 생물학은 생물과 인체에 대한 과학이기에 성차별적 인식의 영향을 크게 받기도 하고 성차별적 구조를 정당화하는 데 이용되기도 한다. 때문에 과학 중에서도 특히 생물학은 페미니즘의 비판을 가장 많이 받아 왔다.

-「정자를 기다리는, 조신한 난자는 없다」2020.7.31.

임소연, 한겨레신문

요즘은 아이가 말귀를 알아듣는 두세 살 때부터 성교육을 시작해야 한다는 의견이 지배적이다. 나 역시 내가 받아왔던 고릿적 성교육을 딸아이에게 답습하고 싶은 마음은 없었기에 아이가 세 살 즈음이었나, 성교육 동화는 어떤 것이 있는지 알아보았다. 유아들을 위한 성교육 동화책들이 있었다. 그럭저럭 많이 보는 듯한 몇 권짜리 성교육 동화집을 온라인에서 중고로 샀다. 그 나이 또래 아이들을 위한 맞춤 성교육으로 몸을 청결하게 하는 법과 그 중요성, 남녀의 몸의 차이에 대한 설명, 아기 탄생에 대한 설명, 성차별에 대항하는 법, 다양한 성추행 상황에 대응하는 법, 성폭력에 대해 털어놓을 수 있게 용기를 주는 법 같은 주제로 동화책이 꾸려져 있었다. 모든 내용이 마음에 쏙 들지는 않았지만, 요즘 시대에 맞게 제법 다양한 주제로 구성되어 있었다. 나쁜 아저씨에게 성폭행을 당한 후 힘들게 엄마에게 털어놓게 되는 여자아이 이야기는 읽으면서 너무 감정이입이 되어 힘들기도 했지만, 꼭 필요한 이야기이기도 했다. 그런 동화책을 만들지 않아도 되는 세상이라면 정말 좋겠지만, 안타깝게도 벼락 맞을 놈들은 세상 어디에나 존재하고 부모로서는 대비해야만 하는 것이다.

내가 학생으로 살았던 시대에선 생명이 어떻게 만들어지는지에 대한 생물학적 스토리만이 성교육이란 이름으로 되풀이되었다. 그나마도 오직 정자의 관점에서 쓰인 서사의 반복이었던 것이다. 제대로 된 피임 교육이나 성차별 문제, 성인지감수성에 대한 교육 따위는 당연히 없었다. 생명은 이렇게 정자의 대모험을 통해 신성하게 만들어지는 것이라는 것만 반복했다. 혹은 끔찍한 증언이 추가된 낙태의 위험성 같은 동영상을 보기도 했다. 그것마저 오직 여성에게만 찍히는 낙인이라는 이미지와 함께 주입되었다. 그렇게 우리는 오직 수동적이고 조신한 여성으로 키워지기 위한 성교육 아닌 성교육만을 주입받고 어른이 된 것이다.

그러고 나서 세상이 얼마나 변했나. 성추행, 성폭행당한 여성들은 활발하게 미투운동을 펼쳤고, 서로 연대했다. 헌법재판소는 2019년 4월, 낙태죄 처벌에 대해 헌법불합치 결정을 내렸고, 2020년 말이었던 대체입법 시한을 넘겨 낙태죄는 효력이 상실되었다. 갖은 비난을 받고 공격을 받으면서도 잘못된 것을 잘못이라고 말하는 용기를 가진 여성들의 움직임을 막을 수는 없었다. 그들은 스스로 찾아서 공부했고, 스스로 깨우쳤다. 우리가 배워왔던 것의 허구성을. 그리고 더는 앞으로는 그렇게 교육받아온 대로만 살 수 없음을. 내 딸은, 내 조카는, 혹은 새로운 세대의 자라나는 새 여성들을 위해서라도 지치지 않고 서로 힘을 합해 잘못된 것을 바꿔나갈 것임을 말이다.

아이가 학교에 가려면 아직 몇 년이 남았지만, 모르긴 몰라도 학교에서 하는 성교육에 많은 발전이 있었으리라고 보진 않는다. 미미한 수준의 진보만 있었을 것이다. 최근에는 학교에서 페미니즘 교육을 하는 일부 여교사들이 맹비난받기도 했다. 공교육은 애초에 무너졌는데, 공교육 안에 있는 성교육은 얼마나 시대에 뒤처져있을지 안 봐도 뻔할 것 같다.

결국 내 딸에게 제대로 된 성교육을 하는 것도 나의 일이라는 소린데. 이러니 페미니스트들이 열심히 공부할 수밖에 없는 것이다. 여자들이 할 말 다하고, 남자의 말에 대드는 것을 싫어하는 가부장제의 화신들은 제대로 된 근거도 대지 못하면서 그저 페미니스트들을 '꼴페미'로 치부하며 폄훼한다. 제대로 반박하고 싶으면 제대로 공부부터 하고 오면 좋겠다. 나도 제대로 내 딸을 가르치기 위해 항상 공부하는 엄마이자 페미니스트가 될 것이다. 깨어있는 엄마가, 깨어있는 여성이 좀 덜 피곤할 수 있는 세상이 어서 오기를 바라며. 그저 당연한 것이 당연하게 지켜지는 세상이 오기를 기원하며.

맘카페가 꼴페미의 온상이라고?

나는 인간 혐오자는 이해할 수 있지만, 여성 혐오자는 절대 이해할 수 없다!
예술 작품에 대해 견해의 다양성은 그 작품이 새롭고 복합적이며 중요하다는 것을 뜻한다.

이제 굳이 말하지 않아도 위의 두 인용구가 누가 한 말인지 알 것이다. 그렇다. 또 오스카 와일드이다. 참고로 특별히 그를 좋아한다거나 그가 쓴 책을 다 읽은 것은 아니다. 실상은 『도리언 그레이의 초상』 하나만 읽었는데, 그것도 대학 시절 한숨을 푹푹 쉬며 꾸역꾸역 읽었다. 10여 년이 지난 지금 읽으면 좀 다르려나. '어쨌든 오스카 와일드랑 같은 직업을 갖게 되었으니 (성공한 인생이군.)'이라고 적으며 히히히 웃고 있다.

『82년생 김지영』에 '맘충'이 나온다. 동아시아 전역에 번역 출간되었고, 무려 정유미+공유 주연으로 영화도 만들어졌다. 나도 보면서 울었다. 내가 2019년 가을 무렵 산 책이 80쇄였으니 지금은 몇 쇄를 찍었으려나. 조남주 작가는 모르긴 몰라도 이 책 한 권으로 몇억은 벌었을 것이다. 아, 부럽다.

하지만 부러움은 잠시 접어두고, 작품성 논란도 잠시 접어두고, 나는 그저 이 책을 논할 때 오스카 와일드의 저 두 번째 인용구가 떠오른다. 굳이 그 김지영이 바로 나라며 울부짖는 수많은 80년대생 여성들을 등에 업지 않더라도, 조남주 작가를 까려는 온갖 논란과 『82년생 김지영』을 패러디한 온갖 글을 쓴 그 모두에게 한마디만 하고 싶다.

그 모든 평가질과 '여성 피해의식이 응축된 허구요, 소설 그 자체'라는 논란을 일축하고, 이렇게 수많은 논란을 일으키는 것 자체만으로도 이미 대단한 거라고. 대단하다는 것에 동의하고 싶지 않다면 '중요'한 것에는 최소한 동의하라고 말이다.

소설이 허구인 건 당연한 거지, 바보들아. 남성 서사물만 질리게 봐와서, 히어로물만 봐서, '미국/강대국/남성/로보트/백인/히어로'의 조합만 보아도 당신들이 하는 온갖 논란을 일축할 수 있는 거 아닌지 한 번만 곰곰이 생각해보면 좋겠다.

그리하여 다시 너무도 슬픈 그 단어, '맘충'으로 돌아와서.

맘카페가 필수가 된 기혼여성들과 전업맘/워킹맘을 아우르는 엄마들의 삶에 그대는 단 한 번이라도 진지하게 생각해본 적이 있는가. 그대는 단 한 번이라도 누군가에게 뜨거운 사람이었던가.

너에게 묻는다

연탄재 함부로 발로 차지 마라

너는 누구에게 한 번이라도

뜨거운 사람이었느냐

- 「너에게 묻는다」 부분, 안도현

당연히 맘카페에도 현실세계에서도 소수의 진짜 '맘충'들이 존재한다. 나도 눈살을 찌푸린다. 그 소수가 아무 논리도 근거도 대지 못하는 바보 같은 남성의 바보 같은 여성 혐오에 불을 지펴주기도 하여 속상하기도 하다. 굳이 "바보 같은 남자들이 진짜 맘충이나 진짜 별로인 가짜 페미니스트보다 더 많다, 이 짜식들아!" 하며 유치찬란한 초딩 개싸움을 시전하고 싶진 않다. 앞의 글에서 맘카페에 대한 언급을 이미 하기도 했고, '엄마'와 '벌레'란 단어의 조합으로 만들어진 맘충이라는 신조어가 말하면 말할수록 더 슬퍼지는 단어라 그런 것도 있다.

너도 엄마 배에서 나왔으면서, 너에게도 '맘'이 존재하면서, 어찌 여성 혐오를 조장하는 그 단어를 그렇게도 쉽게 내뱉어버릴 수가 있는지 진지하게 물어보고 싶다. 열폭하며 따져 묻고 싶지 않다. 그저 담담하게 테이블에 마주 앉아 슬프고 가슴 아픈 눈을 하며 그 사람을 대면해 보고 싶다. 황소 같은 내 눈망울을 보고도 여성 혐오 발언을 거리낌 없이 내뱉을 수 있는 자라면, 그냥 다시는 대면하지 않는 것이, 나의 정신건강과 안녕을 위해 좋다고 생각한다. 나는 그런 타고 남은 연탄의 불씨만큼의 따뜻함도 갖지 못한 자와 싸울 에너지 따위는 남아있지 않은 초저질 체력의 예술가니까.

참으로 아이러니한 것은 밖에서 일하는 여성들에 대해서도, 그렇지 않은 전업주부인 여성들에 대해서도 언제나 동일한 칼날이 날아든다는 것이다. 승진과 성공을 위해 야근과 주말 출근도 불사하고 앞에 나서 열심히 일하면 "애는 누가 보냐. 애가 불쌍하다."고 한다.

종일 어린이집에 있었던 불쌍한 내 자식새끼 데리러 6시에 칼퇴하고 나서면, "이래서 여자를 뽑으면 안 된다."고 한다.

집에서 육아하고 살림하느라 좀비가 된 전업맘이 어쩌다 한번 꾸미고 나가 친구와 브런치라도 먹고 있으면 "남편들이 벌어다 주는 돈으로 커피나 처마시고 있다."고 한다.

아, 진짜 어쩌라고! 정말이지 지랄도 풍년이다.

저거 다 하느라 미쳐있는 여자의 일을 좀 거두어서 같이 좀 하든가 그럼! 네가 꼰대질하며 회식이나 주최하고 있을 때 네 와이프도 6시에 칼퇴하고 너 대신 애 데리러 가는데, 왜 네 부하 여직원한테는 난리냐고! 왜 육아휴직 쓰고 돌아오면 저어기 끄트머리 인기 없는 부서에 자리 만들어 놓냐고! 왜 엄한 데로 발령 내냐고! 왜 결혼하면 여자만 권고사직 당하냐고! 왜 사내 연애하다 결혼하면 여자만 나가는 치사한 구조를 만들어 놓냐고!

이 모든 지랄을 안 하고 당당하게 일하고, 돈도 벌고, 커리어도 쌓고, 꿈도 찾고, 내 아이도 키울 수 있게 멋들어진 복지정책, 육아정책 못 만드냐고! 아, 정말 우리한테만 왜 그러냐고오!

휴.

아무래도 책 제목을 이번에도 '빡침에세이'로 지었어야 하는 건데 잘못한 것 같다. 나를 분노하게 하는 수많은 부조리, 한숨 나오는 것들이 나를 백지장 앞에서 써 갈기게 하니 어쩔 도리가 없다. 나의 분노는 순수하게 나의 이상주의적 세계관에서 나온다. 나는 너무도 순수하고 아름다운 세계를 꿈꾸기에 그렇지 못한 것들을 볼 때 분노가 치밀어 오른다. 애석하게도 나 자신도 순수하고 아름답지 못하기에 내 새끼가 살게 될 세상이라도 온 힘 다해 그렇게 만들어 나가고 싶다. 이 한 몸 불 싸질러서. 이 손가락에 굳은살이 밸 때까지 쓸 것이다. 나의 목소리가 울림이 되고 최소한 몇 명에게는 공감과 위로가 될 수 있기를. 누군가는 자신을 뒤돌아보기를.

이 땅에 여성의 서사가 소수자의 서사를 넘어 최소한 반의 서사로 자리매김할 때까지.

여자의 몸에서 태어났으면서, 자기 엄마와 아내 사이에서 중간 입장 하나 제대로 대변하지 못하는 못난 이 땅의 가부장제의 아들들을 위해서. 그리하여 언젠가는 페미니즘이라는 것이 필요 없어지는 아름답고 가슴 벅찬 세상이 열리기를 바라면서.

Chapter 4

그럼에도 결혼하고 싶은 페미니스트를 위하여

하지 마 도망가

인간은 어리석고 같은 실수를 반복하지.

– 작자 미상

여자의 적은 여자다?

경험자가 이미 발설해버린 이 수많은 결혼의 단점에 대해서 낱낱이 들어놓고도 여전히 결혼이란 시시한 제도에 이 한 몸 바쳐 뛰어들고 싶은 마음이 남아있는 순진무구한 여성이 있을 것이다. 그대들은 아마도 너무도 순수하여 그런 불행은 나와 내 남자친구 사이에선 절대 일어나지 않을 것이라고 상상의 나래를 펼치는 부류이거나, 지금 곁에 있는 그 남자를 너무나도 사랑하여 법적으로도 내 것이라고 꽁꽁 묶어놓고 싶은 부류일 것이다. 혹은 결혼 그 자체에는 심드렁하지만, 꼭 내 아이를 낳고 키워보고 싶은 열망을 가진, 그러나 아직 이 땅에서 법적인 테두리 밖에서 아이를 키운다는 것이 얼마나 위험한 일인지는 아는 똑똑한 부류일지도 모르겠다.

하지만 삶은 그렇게 호락호락하지 않으니 내 삶에 결.혼.이라는 두 글자를 편입시켜버리고 난 이후에는 그 한 단어가 내 일상을 얼마나 뒤바꾸어놓는지…. 그것은 경험해보지 않고는 모를 일이다. 아무튼, 그 어떤 이유에서건 결혼이란 걸 하기로 했다면 누가 말리겠는가. 자식 이기는 부모도 없다지만, 최소한 내 글이 행복한 결혼생활을 꿈꾸는 나 같은 소심한 페미니스트들에게 조금이라도 도움이 된다면 좋겠다.

법적으로 한 남자와 엮이고 나면 그 남자만 나의 것(?)이 되는 것이 아니다. 그 뒤로 수많은 것들이 딸려온다. 흔한 예로 앞서 말한 바 있는 고부갈등이나 며느리로서 요구받는 '며느리의 도리'라는 것, 그리고 아이를 낳게 되면 '엄마의 책임' 또한 내 어깨 위에 얹히게 된다. 싱글과 기혼자의 가장 큰 차이가 바로 이 책임과 자유의 영역일 것이다. 결혼에 뛰어드는 것은 이 아름다운 자유를 몸소 뿌리치고 책임과 의무의 영역으로 성큼성큼 걸어 들어가는 것이다. 그리고 배우자만을 영원히 사랑하고, 오직 배우자하고만 평생 성적인 관계를 맺겠다고 서로 약속하는 것이다. 물론 간통죄는 폐지되었지만, 맘스홀릭 부부 클리닉 게시판이나 네이트판 게시판에 하루가 멀다고 '상간녀 위자료소송', '남편 외도 증거' 같은 키워드가 난무하고, 외도했다가 들키기라도 하는 날엔 부부 사이는 파국으로 치닫게 되니 이제 거의 도덕의 영역으로만 남게 된 그 '약속'은 여전히 중요하다고 할 수 있겠다.

엄청나게 평탄한 삶은 아니었지만, 나는 이런저런 작고 사소하며 평범한 고비들을 넘기며 살아왔다. 하지만 결혼 이후의 삶은 왠지 더 스펙터클해진 느낌이다. 분명 안정감 있는 노후(?) 즉 30대 이후의 삶을 위해 결혼을 택한 것 같은데, 왜 결과는 정반대가 된 것일까. 그것은 결혼 후 내가 오로지 나로서만 살 수 없기 때문일 것이다. 나로서만 존재하고 나만을 위해 살면 되었던, 그리고 나에 대한 책임만 지면 되었던 젊은 날의 나는 사라졌다. 내 두 발로 스스로 차버렸다. 그리고 나는 거대한 책임과 의무의 영역으로 들어왔다.

도대체 왜인지 모르겠지만 결혼 7년 차인 아직도 나를 못 잡아드셔 안달인 시어머니와 수시로 대립하고, 명절이 다가올 때마다 스트레스를 받고, 때때로 남편과 의견충돌로 다툰다. 귀여운 아이가 주는 피로함과 막대한 육아 노동은 애교처럼 느껴질 수준이다. 그래도 살아야만 한다. 내가 선택한 일이고, 또 나는 이제 엄마이기도 하므로. 이제는 오직 나만을 위한 선택을 할 수는 없다. 아 물론, 나만을 위한 선택이 이혼이라는 얘기는 아니다. 불의의 사건이나 사고로 이혼이 내 삶에서 최선이 되지 않는 한, 그때까지는 최선을 다해 이 결혼생활을 유지할 것이다.

남편이나 육아 문제라면 이미 많이 말한 것 같고, 시가 문제라면 극한 고부갈등을 겪은 경험자로서 좀 더 과하게 경고하고 싶다. 어느 정도는 겁을 주고픈 정도의 마음이다. 그러지 않기를 바라야겠지만, 남자친구의 어머니로서가 아니라 남편의 어머니가 되는 순간 악랄한 시어머니로 변모하는 경우를 많이 봐왔다. 그때 간과하지 말아야 할 것은, 절대 '여자의 적은 여자다.'는 틀에 자신도 갇히지 말아야 한다는 점이다. 그 전쟁은 결코 시어머니 대 며느리 이중 구도의 전쟁이 아니다. 시어머니 뒤에서 가만히 팔짱 끼고 한 발 물러나 방관자로만 존재하는, 겉으로만 사람 좋아 보이는 가부장제의 화신 시아버지, 또는 그런 가부장의 귀한 아들로만 살아와 결코 아내의 편에 서주지 못하는 못난 남편, 그 모두가 고부갈등의 주체라는 점이 핵심이다.

만일이라도 시어머니 입에서 헛소리가 나와 내 속을 긁어놓는다면, 시어머니한테만 할 말 다하며 당당한 며느리가 된다고 해서 승리하는 것이 아니다. 내 발로 이 가부장의 세상에 뛰어들었으니 이 집안에서 잘못된 모든 것과 싸우겠다는 심정으로 뛰어들어야 한다. 그리고 끝끝내 지치지 않겠다고 수없이 다짐해야 할 것이다. 시부모 때문에 수없이 싸우다가 며느리 측에서 먼저 연락을 끊어버리기는 오히려 쉬울지도 모른다. 하지만 그러면 변하는 것은 아무것도 없을 것이다. 어른을 변하게 만들기란 어렵다. 거의 불가능이다. 그렇지만 그렇다고 해서 포기할 수는 없다. 아무런 변화가 없어도, 아무리 말해도 못 알아들어도 계속 말할 수 있는 용기를 가져야만 한다. 그리고 그 과정에 남편을 완전히 편입시켜서 같이 해나가야 한다.

고부갈등이라는 것은 어떤 의미에서는 구시대의 마인드를 가진 윗세대와 새로운 마인드를 가진 젊은이들 사이의 세대 간 갈등이다. 그리하여 사실상 영원히 없어지지 않을지도 모른다는 마음으로 대해야 한다. 나처럼 극한 고부갈등을 겪은 내 또래가 시어머니가 된 세상에서는 과연 고부갈등이 1도 없을까? 아마 제사나 명절 차례 풍습은 없어질지도 모르겠다. 하지만 우리도 그때엔 뒷방 늙은이일 뿐이고 자식 또래의 젊은이들 생각을 온전히 이해하기가 어려울 것이다. 물론 조금 강도나 양상은 다르겠지만, 그때엔 또 다른 형식의 고부갈등이나 세대 간 갈등이 존재할 것이다.

내가 결혼하며 만난 최고의 숨겨진 복병이 고부갈등이었기에 나의 관점에서만 말했다. 사람은 누구나 경험해본 것에 대해서만 말할 수 있다. 혹자는 최고의 복병이 사랑해마지 않던 전 남자친구인 남편일지도 모른다. 별도 달도 따줄 듯하던 세상 스윗하고 여자를 위해주던 남자친구가 결혼하자마자 돌변하여 이 시대 최후의 가부장의 화신이 될지도 모를 일이다. 그 모든 위험한 가능성을 가슴에 품고도 결혼하기로 했다면 부디, 그대의 결정이, 그대의 안목이 잘못되지 않았기만을 바랄 뿐이다.

그러기 위해서 우리는 최소한의 검증은 해야 할 것이다. 그래서 준비했다. '여적여' 프레임에 갇히지 말 것을 주문하며 추가로. 슬기로운 결혼생활을 위한 최소한의 체크리스트 또는 염두에 두어야 할 마음가짐에 대해서.

2세 계획은 결혼 전에 합의할 것

안다. 인생이 절대로 계획대로만 흘러가진 않는다는 것을. 그렇지만 본인이 페미니스트라는 자각이 있는 여성이라면, 최소한 2세 계획에 있어서만큼은 남자친구와 어느 정도 대의적 합의를 하고 결혼이라는 관문에 임했으면 좋겠다.

나는 특별히 아이를 낳지 않고 결혼생활을 해볼 생각은 없었다. 어느 이유에서건 딩크족은 내 인생에 고려사항은 아니었단 말이다. 새 생명을 내 몸속에서 키워내 보고 출산이라는 거대한 고통도 결국 인생에서 한두 번 정도만 할 일이니 경험해보고 싶은 마음이 있었다. 임신과 출산이, 그리고 그 뒤에 필연적으로 뒤따라오는 육아라는 것이 얼마나 큰 고통과 희생을 감내해야 가능한 일인지에 대해서는 결혼 전에는 크게 생각해보지 않은 것이 사실이었다. 사실 그 누구도 알려주지 않았다. 학교에서도, 엄마도, 나보다 앞선 인생 선배 그 누구도. 그저 두루뭉술하게 '육아는 신세계'라고, 혹은 얼마나 힘들면 출산 후 우울증을 겪는 사람도 있다 정도로만 인지하고 있었다. 아무튼, 그 모든 것에 고통과 희생과 인내가 수반되는 일이라 할지라도 여성만이 할 수 있는 일이라는 것에 묘한 우월감을 느끼며 그것을 나도 해보고 싶다는 마음이 있었던 것 같다. 이제 더는 아이를 낳을 마음이 없기에 아이 하나를 낳아 키우고 있는 결과론적인 지금 마음에서는 앞서 말한 바 있듯이 육아는 미친 짓이, 맞다.

육아는 당연히 남편과 아내가 부모로서 함께 해야 하는 일이지만, 여전히 엄마인 여성이 희생해야 할 부분이 큰 것이 사실이다. 우선 열 달을 내 몸을 희생해 아이와 몸을 공유해야만 하는 일만 해도 그렇다. 지옥 입덧으로 겨우 버티던 임신 초기에 나는 이렇게까지 나를 힘들게 하는 태아가 미워서 그 어떤 모성애도 생기지 않았고, 심지어는 내 몸에 붙어살며 나를 힘들게 하는 몹쓸 것처럼 느껴지기까지 했다. 임신 과정은 사람마다 천차만별이고 심지어는 자신이 '임신 체질'이라며 임신 동안 평소보다 오히려 기운이 더 펄펄 나고, 피부 상태며 기분도 훨씬 좋다는 사람도 있다. 반대로 나처럼

심한 입덧을 하는 사람은 열 달 내내 구토를 하며 거의 피골이 맞닿도록 살이 빠지고, 심지어는 119에 실려 가거나 입원한 채로 오직 출산만을, 이 아기를 내 몸 밖으로 내보낼 날만을 기다리기도 한다. 그러나 자신이 임신 체질인지, 불행히도 그 반대인지는 임신을 해봐야만 알 수 있는 복불복 게임이니 신중할 수밖에 없다.

임신 체질의 문제뿐 아니라, '육아 체질'도 중요한 논점이다. 육아가 자기 체질이라며 육아의 행복함을 동네방네 떠들고 다니는 사람들이 있다. 진심으로 존경스럽다. 이토록 자기희생적이고 헌신적이며 소모적이고 힘든 일이 체질일 수 있다니. 내가 생각하기에는 선한 마음과 인내심이 마르지 않는 우물처럼 퐁퐁 샘솟는 성정을 가진 분들만이 육아가 체질일 수 있다.

'나'를 잃지 않으며 육아하기란 거의 불가능에 가까울 만큼 어려운 일이다. 매 순간 나의 우선순위와 욕망을 제쳐두고 아이의 욕망을 우선순위에 두며 살아가게 된다. 그러고 싶지 않더라도 학습된 모성애와 아이의 어여쁨은 나를 자발적 노예로 만들곤 한다. 출산 후 한동안 전쟁 같은 시기를 보낸 후 아이가 서너 살쯤 되어 겨우 말귀를 알아들을 즈음 나를 돌아보면, 몇 년간 나를 위한 시간은 내보지도 못하고, 오직 상전을 모셔온 하녀 같은 꼬락서니가 되어 있는 것이다. 그것은 다시금 자존감을 갉아 먹고 우울감에 빠지게 하며, 출산 우울증이 육아 우울증으로 되풀이되는 악순환이 되기도 한다.

이뿐만이 아니다. 나는 출산과 신생아 육아기에 전업주부였지만, 수많은 워킹맘은 커리어와 육아 사이에서 피눈물을 흘리며 선택의 갈림길에 서곤 한다. 정말 슬픈 현실이지만 학교 선생님이나 공무원이 일등 신붓감 직업군에 놓인 것은 그들이 당당하게 출산, 육아휴직을 쓰고도 다시 눈치 보지 않고 일자리로 복귀할 수 있기 때문이기도 하다.

과연 남자들은 아내와 아이를 갖기로 결정할 때 승진이나 육아휴직이나 복직에 대해서 고민할까? 기껏해야 아기가 어릴 때는 회식 때 종종 빠질 수밖에 없겠다고 생각하지 않을까? 기껏해야 '퇴근하고 나서 치맥 하며 야구 보는 대신에 젖병을 좀 씻어야 하겠군.' 생각하지 않을까? 아직도 남자라면 가정을 부양해야 한다는 가부장적 책임감을 더 느끼는 것 또한 슬픈 현실이기에 아이가 생기면 여자가 휴직하거나 퇴사를 하고, 자연스레 육아의 더 많은 책임을 엄마인 여자가 지게 되는 것도 일정 부분 맞다.

그렇다면 또다시 사회에게 화살을 돌리게 된다.

왜 여자의 평균 임금은 남성보다 훨씬 낮은가.

왜 남성의 출산, 육아휴직은 법에 있으면서도 제대로 보장받지 못하는가.

왜 여성은 결혼하게 되거나 임신하게 되면 묘하게 퇴사를 압박받는가.

왜 그 모든 이유로 이 땅은 아직도 남성에게 가정을 부양해야 한다는 책임의 굴레를 지우고, 남자와 여자가 이로 인해 영원히 싸우게 만드는가.

남녀 누구든 돈을 버는 능력이 더 뛰어난 사람이 가족의 부양자가 될 수 있도록 만들려면, 남녀의 임금 격차를 줄이고 유리천장부터 부술 필요가 있다. 이 요원한 바람이 이뤄져야만 부부갈등도, 저출산 문제도 아주 조금씩 해결되기 시작할 것이다.

이렇게 사회구조 문제까지 이야기할 수밖에 없게 만드는 것이 바로 아이를 낳아 키우는 일이다. 그런데도 그것에 대한 거시론적 합의가 없이 결혼했다가는 서로 피 터지는 싸움만 하게 될 수도 있는 것이다. 부부 중 한쪽만 아이를 낳을 생각이 있다든지, 낳기로 합의했더라도 몇 명을 낳을 것인지에 대한 구체적인 논의를 반드시 해보아야 한다. 물론 상황에 따라서 결혼해서 살면서 서로 합의를 거쳐 계획을 수정할 수도 있을 것이다.

2세 계획에 대해서 미리 이야기해본다는 것은 그래서, 결국은 결혼해서 살게 될 수십 년에 대한 인생계획을 미리 세워보는 것과도 일맥상통한다. 서로 어떤 가치관을 가지고 살고 있는지, 삶에서 중요한 것을 어디에 두고 있는지 반드시 오래오래 아주 많이 넘치도록 많이 대화해보아야 한다. 서로 법적인 굴레로 얽히기 전에 말이다. 타인이니 당연히 가치관의 차이는 있을 수밖에 없다. 서로가 얼마나 서로의 관점을 인정하고 어느 정도까지 이해해 줄 수 있느냐가 관건이다.

당신이 스스로를 페미니스트라고 생각한다면, 그리고 결혼하고 싶은 남자친구가 있다면 그에게 반드시 물어보기 바란다.

아이는 낳고 싶어?

몇 명이나 낳고 싶어?

어떤 아이로 키우고 싶어?

당신은 아이를 키워보고 싶은 이유가 뭐야?

살면서 아이의 교육이 중요해? 아니면 부부의 삶이 더 중요해?

딸이 좋아, 아들이 좋아? 그 이유는 뭐야?

혹시라도 시부모님은 우리가 아이를 낳지 않아도 상관없으셔?

확실해?

정말이야?

진짜지?

혹시 아이 문제로 우리가 갈등을 겪게 되거나 예상치 못하게 난임 부부가 된다면 어떨 것 같아?

아이를 낳기로 합의했으면 육아휴직 할 생각 있어?

내가 계속 일할 수 있는 거지?

등등.

반대로 당신의 답도 공유하며 깊이 있는 토론을 나눌 필요가 있다. 서로 모든 질문에 똑같은 답을 지녔을 가능성은 알다시피 낮을 것이다. 단 두 가지 가장 중요한 질문만 뽑는다면, '아이를 낳고 키우는 일을 삶에서 중요한 우선순위로 삼는지', 그리고 '행복한 삶을 위해 가장 중요하다고 생각하는 것은 무엇인지'에 관한 질문일 것이다. 조금만 생각해보면 이 두 가지 질문이 얼마나 깊은 내면의 답을 요구하는 철학적 질문인지 이해할 것이다. 철학적인 질문에 대해서 서로의 생각을 공유하며 치고받고 싸우지 않고 최소한 30분 이상 토론할 수 있는 사람이라면, 일단은 첫 번째 관문은 통과. 그 이후에도 많은 관문이 있겠지만 첫 관문을 통과할 만한 좋은 사람, 그리고 그 사람이 다른 결혼의 조건들도 충족시킬만한지를 따져본다면, 적합한 배우자를 찾는 일이 얼마나 어려운지 또는 중요한 일인지 알게 될 것이다.

1순위는 나 자신일 것

많은 아이 엄마들이 놓치는 지점이다. 아이는 절대 나의 1순위가 될 수 없다. 그것은 아이에게도 좋지 않다. 최근에 치마만다 응고지 아디치에의 얇디얇은 책 『엄마는 페미니스트: 아이를 페미니스트로 키우는 열다섯 가지 방법 Dear Ijeawele or A Feminist Manifesto in fifteen suggestions』을 보며 희열을 느꼈다. 모든 딸 가진 엄마뿐 아니라, 아이를 키우는 부모들이 반드시 필독해야 할 책이라는 생각이 들었다. 아니, 딸을 키우든, 아들을 키우든, 결혼을 했든 안했든, 누구든 읽었으면 좋겠다고 생각했다. 제목처럼 자식을 페미니스트로 키우고 싶은 엄마가 아니어도 아무 상관이 없다는 말이다.

그저 내 아이를 '편견 없는 보통의 아름다운 아이'로 키우고 싶은 부모라면, 혹은 내가 바로 '그런' 사람이 되고 싶은 사람이라면 꼭 읽어야 할 책이라고 생각했다. 아마도 페미니즘계에 영향을 끼치고 싶었을 마음을 반영한 책 네이밍이었겠지만, 부모가 아닌 사람에게도 역시 너무 좋은 내용들이라 안타까운 마음마저 들었달까. 자식교육 혹은 자식사랑에 있어서 정도를 걷고 싶은 사람이라면, (부모로서의 역할을 배제하고서도) '온전한 나'로서의 나를 먼저 사랑하는 것이 그 시작임을 이해할 것이다. 그리고 본인이 먼저 아름다운 사람이 되어야 자식도 그런 사람으로 키워낼 수 있다는 데에 동의할 것이다. 그런 의미에서 꼭 추천하고 싶은 책이다. 너무 얇고 짧고 술술 읽히는 편지 형식이라 앉아서 한두 시간이면 끝낼 수 있다.

페미니스트이자 학자인 재클린 로즈는 '어머니'는 언제나 실패했다고 주장했다. 그는 '실패를 인정하는 것을 시작으로 완벽하고 숭고한 모성의 신화를 깨버리고 새로운 모성으로의 전환을 제안한다.'고 했다. 제안이라고 했지만, 그것은 일종의 독립선언문이오, 이 거대 세계에 던지는 거대한 외침이다.

이 글은 '모성에 대한 관점을 전환하는 페미니즘 필독서'라는 수식어로 『숭배와 혐오』라는 책을 소개하며 창비 인스타그램 계정에서 올린 포스팅의 내용이다. 포스팅의 내용이 모성 신화를 깨부수잔 내용에 잘 어울리는 것 같아 가져와 봤다.

긴 도입부를 늘어놓으면서 하고 싶은 말은 1순위가 언제나 나여야만 한다는 것이다. 그 어떤 것도 아니다. 그 '나'라는 것 안에 '일'이 포함되는 종류의 사람이라면 당연히 나의 일이 가족들보다 우선시 되는 상황이 생길 수도 있는 것이다. 그리고 만약에 그 '나' 안에 '육아'가 우선순위에 있는 종류의 사람이라면 당연히 아이를 아름답고 밝은 사람으로 키워내는 것에 온 힘을 쏟을 수가 있는 것이다. 그 사람에게 그것이 중요한 인생의 가치관이고 인생의 목표이고 기쁨이라면, 그 사람이 즐겁게 육아를 할 때, 그 사람은 일을 하고, 꿈을 이뤄가는 중이므로 절대로 건드려서는 안 된다. 그것이 예의이다. 그것을 알아주고 존중해주는 것이 사랑이고 우정이고 배려이다.

이쯤하면 무슨 말인지 이해했을 거라 믿는다. 진부한 말이지만 '엄마'이기 이전에 '나'로 먼저 서야 나에게 따라오는 다른 역할들도 잘 할 수 있다. 내가 어떤 것을 할 때 행복한 사람인지, 어떤 것이 성취감을 느끼게 하는지 생각해보면 좋겠다. 나도 한번쯤은 글을 짧게 마무리지어보고 싶다. 항상 빡쳐있거나 할 말이 넘쳐나서 손가락이 머릿속에서 나오는 글의 속도를 따라가지 못하곤 했다. 화가 많은 인생이여, 이번만이라도 해피하게 끝!

우리의 공통된 취향이 신동엽의 섹드립이라니

블로그에 밤늦게 잡소리 끄적이기를 좋아했던 20대 중반에 썼던 글 중에 '좋아요 리스트'란 짧은 글이 있었다. 그 나이의, 그 시절의, 그 당시의 내가 좋아하는 것들을 죽 나열해서 적어본 것이었다. 8년 만에 그 글을 다시 읽어보고는, 리스트에 있는 것들 중 많은 것들을 삭제했다. 10년 가까운 시간이 흐르는 동안 나의 취향도 많이 바뀌었던 것이다. (『성찰하는 진보』란 책을 썼던 분도 목록에 있어서 화들짝 놀라며 지웠다.) 리스트에 남아있는 것 중 몇 가지만 옮겨보자면 다음과 같다.

고양이, 이언 매큐언의 악마성, 얀 마텔의 아름다움, 코맥 매카시의 시적임, 쇼핑, 서점, 도서관, 솔직함, 용기, 빵, 만화책, 유치뽕짝 드라마, 김연아, 장자끄 쌍뻬의

삽화, 소심한 섬세함, 다정다감함, 니트, 성시경, Plain White T's, 장재인, 나윤권, Sweet Sorrow, 컬투쇼, 머플러, 가을, 오래된 애증의 관계, 신동엽의 섹드립, 오꼬노미야끼, 어린왕자, 폴 오스터, 로알드 달, 존 어빙, 줄리언 반스…

지금은 여기에다 그 사이에 생긴 새로운 것들의 리스트를 많이 추가할 수 있게 되었다. 그것들은 생략하기로 한다.

사람은 호감이 가는 상대가 생기면 그 사람이 무엇을 좋아하는지 알고 싶어 한다. 환심을 살 수 있는 열쇠가 될 수도 있고, 순수하게 궁금해서이기도 하다. 그 사람이 좋아하는 것이 무엇인지 듣다보면 그 사람의 세계를 엿볼 수 있다. 또 그 사람이 좋아하는 것과 내가 좋아하는 것 사이에 얼마나 교집합이 있는지도 맞추어볼 수 있다. 취향이 비슷한 사람끼리는 이야기할 거리가 많다. 사람이 누리며 사는 문화 즉, 음악, 미술, 영화, 책, 드라마, 스포츠 등을 망라하면 아주 많은 취향의 조합을 가진 사람들이 존재하게 된다. 그 중 일부라도 서로 통하는 사이라면 취미생활을 같이 하거나 여가를 같이 보낼 기회가 늘어나기에 일생을 함께 할 동반자로서 약간의 자격은 갖춘 셈이다.

그러고 보니 위의 것 중 어느 하나도 내 남편이 좋아하는 것은 없는 것 같은 슬픔이 갑자기 밀려온다. 책은 애초에 많이 읽질 않고, 그나마 좋아하는 것이 쇼핑이랑 신동엽의 섹드립, 이 두 가지려나. 신동엽과 성시경이 패널로 나왔던 연애상담 프로그램, 「마녀사냥」을 같이 보며 낄낄대는 우리 둘의 모습이 갑자기 겹쳐 보인다. 하. 하나라도 통해서 다행이다. 내가 신동엽만이 할 수 있는 그의 섹드립을 보며 낄낄낄 숨넘어가도록 웃을 때 나를 한심한 듯이 쳐다봐주지 않아서 정말 다행이다.

그래 사실 나의 경우만 보더라도 '좋아요 리스트'에서 최소 5개 이상을 교집합으로 가지는 연애 상대를 만나 결혼까지 하는 것은 참 어려운 일 같기도 하다. 그리하여 우리는 '선택과 집중'을 할 필요가 있다.

나의 '좋아요 리스트' 중에서도 나에게 더 중요한 '좋아요'는 무엇인가.

내가 좋아하는 수많은 것 중에서 이것만은! 꼭 내 배우자도 좋아했으면 좋겠다, 그렇다면 내 삶이 참 행복할지도 모르겠다! 하는 것은 무엇인가.

한번 추려내보면 좋겠다. 애석하게도 나와 내 남편의 공통 '좋아요 리스트'는 의도치 않게 신동엽이 되었지만…. 우아하게 세계문학전집 정도는 읽어본 남자, 또는 명반 LP를 모으는 취미를 가진 남자 같은 걸 '선택과 집중'에 넣었다면 좋았을 것을…. 여러분들은 나와 같은 우를 범하지 않기를 바라는 마음에서 써본다. 결코 신동엽이 저급하다는 것은 아니다. 그것은 그분에 대한 모독이다. 그와 함께 할 때 나는 언제나 행복했나니.

한 가지 더 일러두자면 소수자에 대한 상대방의 태도를 살펴보라고 권하고 싶다. 성소수자나 장애인 같은 누구나 생각하는 소수자에 대한 것뿐 아니라, 인류의 절반을 차지하지만 아직도 남성에 비해 소수자적 권리만을 누리고 있는 여성의 지위에 대해서 어떻게 생각하는지 꼭 들어보길 바란다. 그에게 당신이 지금은 사랑해마지 않는 여자친구이고, 언제나 지켜줄 것처럼 말하겠지만, 그 다짐이 결혼 후에도, 열정이 좀 식은 후에도, 변하지 않는 종류의 것인지 살펴보아야 한다. 당신이 출산 후 3개월 만에 복직하여 일터로 돌아가는 것은 당연한 일로 여기지만, 본인 회사 팀의 여직원이 출산으로 3개월 자리를 비울 경우에 온갖 뒷담화를 할 위인은 아닌지를 꼼꼼히 뜯어보자. 사랑에 눈이 멀어 "우리 오빠는 그럴 사람이 아니야~" 하고 쉽게 넘어갔다간 결혼생활 내내 피눈물을 흘리며 당신의 결혼에 도시락 싸가며 말려주지 않았던 친정 엄마나 친구들을 눈 흘겨보게 될지도 모르니.

결국은 '좋아요 리스트'에서 좀 더 중요한 요소를 공유하는 사람, 제대로 생각 박힌 깨어 있는 사람을 찾아 만나라는 것인데. 그것 참 말처럼 쉽지 않을 것이다. 10년, 20년을 찾아 헤맬지도 모를 일이다. 그러니 결국은 현실과 타협하게 되는 것이다. 나처럼. 여러분, 결혼을 꼭 해야겠다면, 훈훈한 외모는 포기하자고요. 정우성이랑 김혜수도 아직 혼자 사는 마당에.

여자가 죽기 살기로 길러야 할 것은

책의 앞부분에서 결혼에, 즉 사랑에 손익계산을 했다가 비참한 최후를 맛봤노라 고백한 바 있다. 나와 같은 어리석은 결정을 하는 여성들이 더 없기를 바라는 마음에서 한, 나의 부족한 부분을 남편에게서 좀 채우고 살 수 있으리라 기대한 양심 없는 여자의 고백이었다. '결혼은 미친 짓'이라고 분명히 일러두었지만, 여전히 결혼하고 싶어 하는 순수한 자가 있다면 하는 마음에서 쓰고 있다. 다시 한 번 말하지만 '남자는 구원이 되어주지도 않고, 어떤 사람에 기대어 살고자 하는 마음을 갖기만 해도, 그 순간부터 이미 작아져 있는 나'를 발견할 것이다. 모든 것은 나로부터 시작된다. 건강한 사랑과 건강한 결혼생활도 건강의 몸과 정신의 나로부터, 스스로 당당히 혼자 설 수 있는 경제적, 정신적 상태로부터 출발해야 한다.

앞에서 말하지 않은 부분이 하나 있다. 경제력이나 독립성 이외에도 여자가 반드시 챙겨야 하는 것은 건강과 체력이다. 『여자는 체력』, 『마녀체력』, 『살 빼려고 운동하는 것 아닌데요』, 『운동하는 여자』, 『우아하고 호쾌한 여자축구』 등등 이 시대의 여성 서사가들이 주목하는 것이 바로 여자의 체력이다. 그만큼 홀로서기에 필수라는 것이다.

원론적인 이야기인 것 안다. 하지만 결혼적령기에 이미 준비된 체력을 가진 20-30대 여성이 과연 몇 %나 될까? 끽해야 다이어트 하느라 깨작깨작 운동하고, 예쁜 요가복 사서 요가클래스 두어 번 가본 게 다인 사람들이 태반일 것이다.

좀 다른 이야기이긴 하지만, 20대 때에는 나도 막 먹어도 안 찌고, 쪄도 별로 티 안 나고, 전날 부어라 마셔라 해대도 다음날 반나절이면 벌떡 일어나곤 했다. 이제 나는 마흔을 향해 달려가고 있고, 타고난 골골골 저질 체력인 것이 더더욱, 그 시간 많고 준비된 예쁜 몸이던 20대 때를 그냥 흘려보낸 것이 땅을 치고 후회가 된다. 소개팅 시장에 내놓을 얼굴만 준비하지 말고, 깨작깨작 요가나 하지 말고, 진짜 30대, 40대, 그리고 그 이후를 위한 기초 체력을 만드는 운동을 시작했다면, 그래서 그것이 지금 일상이 되었다면 얼마나 좋았을까. 물론 지금도 늦지 않았다는 것을 알지만, 글로만 씨불이고 실천하지 않는 지식인이라 키보드로라도 반성하는 중이다.

나는 타고난 허약체질에 키만 멀대 같이 크다. 상체보다 하체가 튼실한데, 고등학생 때부터 상하체의 불균형이 심해졌다. 호리호리하고 불쌍한 만큼 빈약한 상체와 허여멀건 한 얼굴을 마주하던 친구들이 시선을 아래로 돌려 하체를 보곤 "헉" 하던 시절이었다. 얇은 발목과 야리야리한 종아리가 평생의 소원이었지만 갖지 못했고, (물론 노력하지 않았지만) 거대한 엉덩이는 출산을 거치며 벌어진 골반에 날개를 달아주었다. 하지만 야근으로 점쳐지던 20대 후반의 결혼 전보다, 결혼 후에는 오히려 더 운동할 시간과 여유가 없었다. 응. 핑계 맞음.

책 읽을 시간 없다는 말이랑 운동할 시간 없다는 말은 다 멍멍이 소리라고 하던데.

멍멍멍멍멍!!!

아무튼, 그건 그렇고, 글을 쓰게 되면서는 더 체력이 중요함을 온몸으로 느낀다. 뻘! 즉 영감이나 글 쓸 소재는 아침 9시부터 저녁 6시 사이에 아름답게 강림하지 않는다. 어쩌다가는 자려고 누워 그날 일을 곰곰 생각하다가 그분이 오시기도 하고, 미친 척하고 일주일을 내리 연달아 새벽 5시에 일어나 책의 반을 써버리기도 한다. 그런 경우는 대부분 누군가 밥을 대신 해주고 아이를 대신 봐줄 때 이야기이다. (엄마 고마워. 사랑하는 것 알지? 아, 말 안 했던가.)

이 글을 쓰면서도 운동은 원고 끝내면 시작해야지 생각하는 나란 여자, 애초에 글러 먹었다. 지금 규칙적인 운동을 시작하면, 다음 원고는 살포시 덜 힘겹게 끝낼 수 있을지도 모른다는 생각 자체를 안 한다.

그리하여 나의 이 저질 체력을 좀 건강한 몸뚱이를 가진 병치레 잘 안 하는 남잘 만나 비비적대며 의지하고 살아 보려고 했던 나의 거시적 계획은, 이제 와 대차대조표를 따져보니 역시나 망했다. 내가 고른 남자는 나의 저질 체력을 보듬어줄 생각 따위 하지 않고 있었다. '강하게 키운다.' 뭐 그런 거였다면 이해하겠는데 그것도 아니었다. 그분께서는 나의 저질 체력 때문에 자기 삶에 피해를 주면 가만있지 않겠다는 자세를 번번이 취했던 것이었다. 아오. 좀 덜 똑똑한 놈을, 더 단순한 놈을 고를 것을 그랬다. 나의 계획은 완벽히 실패했다.

예를 들어 그의 '월화수목금 5일 내내 쭉 연차 내고 휴가 가기' 계획에 프리랜서인 나의 계획을 짜 맞추어 서로 겨우 일정을 맞춰놓았다 치자. 그는 여느 직장인처럼 월초냐 월말이냐가 중요하고, 회사에선 분기 간, 연간 계획이 존재하므로 여름휴가 기간이 아닐 때 5일을 쭉 쉰다는 것은 팀원 및 팀장과의 긴밀한 협조가 있어야 가능한 일이다. 나도 처음에 같이 계획을 세울 때는 분명 가능한 계획이었다. 그런데 갑자기 좋은 기회들이 생겨 할 일이 더 많아졌다. 더 욕심내어 제대로 하고 싶어서 하다 보니 시간은 더 필요한데, 귀차니즘과 저질 체력과 스마트폰 중독이 내 발목을 잡았다. 반나절 집중해서 무언가를 하다 보면 반나절은 쉬어야 한다. 사실 그 쉰다는 것에는 일하느라 제쳐둔 것을 해치우는 일이 포함된다. 쉬어도 쉬는 게 아닌 셈이다. 곰팡이 피기 직전의 음식물 쓰레기를 처리하고, 분홍 물때 낀 세면대를 청소하고, 그깟 돈도 안 되는 일 하느라 아침마다 누룽지나 핫케이크만 해먹인 아이에게 줄 제대로 된 반찬도 만든다. 그리고 제대로 된 밥벌이를 하는 우리 가장님을 위한 저녁 요리도 준비한다.

이 버럭쟁이가 그 휴가만을 학수고대하며 회사생활 몇 달을 버틴 걸 알기에 일정이 촉박해짐을 느끼자 나는 계속 운을 띄운다.

"여보오…. 다음 주 휴가 말이야…. 아무래도 힘들 것 같은데. 내가 원고만 다 쓰면 될 줄 알고 계획 세운 건데 다른 일도 들어오고, 심지어 원고도 다 못 썼어. 나름 안 쉬고 했는데 말이야…. 알잖아. 아뤼스트라는 게 말이야…. 어차피 그렇게 쉬지 않고 창조적인 일을 계속하는 건 불가능하거든…."

그의 눈빛이 희번덕이는 게 PC 카톡을 넘어 느껴지면 이쯤에서 그만두어야 한다. 3일쯤 지난 후에 다시 시도한다. 나는 세 번쯤 실패를 맛보고, 조용히 찌그러져 있다가 조곤조곤 감성팔이를 다시 시도한다.

"여보 내가 있잖아. 그거 처음 해보는 거라 잘해보고 싶은데, 생각보다 시간이 많이 들어. 놀러 가서도 마음 편히 못 놀 것 같아서 그래…. 처박혀 노트북만 하고 있으면 돈 아깝기도 하고 말이야…. 아 참, 내가 오늘 오전에 열심히 만든 자료 한 번 봐줄래??"

이제야 약간 대화가 통한다. 자기는 내가 그렇게 이 일에 열심인 줄 몰랐단다. 중요한 일인지 말해주지 않아 생각을 못 했단다. 아오. 말을 말자. 일일이 설명해줘야 아니? 내가 잘해보고 싶은 마음인 것도, 준비하면서 애까지 보느라 요즘 몸이 말이 아닌 것도. 수면 부족인 것도. 결국은 체력 안배를 잘 못한 내 탓이라고 하니, 본인은 어떻게 보면 대승적으로 세운 휴가 계획에 내 문제로 차질이 생겨서 피해를 본 피해자라고 하니, 나는 또 할 말을 잃는다. 이런 이기적인 짜식. 이것도 남편이라고 데리고 산다. 내가 참 고생이 많다.

그러니 이런 이기적인(?) 분을 만나 나처럼 입이 아프도록 매번 설명하고, 그 설명마저 그분 기분 봐가며, 타이밍 노려가며 해야 하는 고생을 하든가. 저질 체력마저 보호 본능으로 껴안아 주는 아빠 같은 남자를 만나든가. 그것 모두 아니라면 여자가 죽기 살기로 길러야 하는 것이 바로 체력이다, 이 말씀이다.

결혼하고 싶든, 혼자 살고 싶든, 친구랑 살고 싶든, 고양이랑 살고 싶든, 일만 하다 늙어 죽고 싶든 상관 안 하겠는데. 이 선택 문제랑은 아주 별개인 것이, 그리고 우선 되어야 하는 것이 바로 여자의 체력이다. 라고 말하는, 그러면서 제 운동은 죽으라고 안 하는 '아가리 다이어터'의 꼰대질이었다.

체력, 운동, 건강한 몸, 명심. 명심 또 명심할 것.

그만 말할 줄 알았지?

했던 말 하고 또 하고, 하고 또 하는 게 꼰대인 것 잊으셨나요. ~~후후후~~.

그래서 페미니스트가 뭐 어쨌다고?

첫 책 『님아, 그 선을 넘지 마오』의 원고를 아주 많은 출판사에 투고했다. 그리고 그 중 결국 책을 내게 된 출판사 대표님이 원고를 보시곤 바로 전화를 했었다. 그녀는 내 원고가 마음에 드노라 하시더니 갑자기 본인의 스토리를 얘기하셨다. 살짝 당황하며 듣고 있는데, 대뜸 "자신이 페미니스트라고 생각하세요?"라고 묻는 게 아닌가. 잉? 나 그냥, 내 눈물 콧물 빼는 고부갈등 스토리 쓴 원고 보낸 건데 페미니스트라니.

딱히 페미니스트가 아니어야 할 이유도 없었지만, 스스로가 페미니스트라고 생각한다거나 페미니즘이 궁금해서 페미니즘 책이나 자료 등을 찾아보거나 한 적은 없는 사람이었다. 대표님의 그 질문에 나는 엉거주춤 똥 싼 것 같은 표정을 짓고 있다가, 그렇다고 해야만 할 것 같아서 그렇다고 대답했다. 그분은 내 책에서 페미니스트의 약한 냄새를 맡으셨던 거고, 본인도, 출판사의 출간 방향들도 그 분야에 관심이 많은 것 같았다. 그 당시 미투 운동이나 여혐 논란, 맘충 논란, 한남 같은 단어들이 인터넷을 달구긴 했지만, 솔직히 말해서 피부로 와 닿을 만큼 내가 여자라서 피해나 차별을 받고 살았다거나, 여권 신장을 위해 노력해야겠다고 다짐하게 된 사건이 없었다고 생각했다.

책을 내고 나서 요즘에야 그쪽 분야 책들도 살펴보고, 이것저것 나름 공부도 하면서 '이건 뭔가 좀 잘못된 것 같은데?' '이건 아닌 것 같은데?' 하며 여태까지 살면서 느껴왔던 부분들이 이해되기 시작했다.

내 이름에 얽힌 슬픈 전설 때문에 어릴 적 나는 늘 "딸이라서 이름이 그러니?"란 질문을 받으며 살았고, 20년을 넘게 같이 산 할아버지가 남동생에겐 5천 원, 나에겐 3천 원이나 2천 원을 용돈으로 주셔도, 남동생은 장손이니까, 할아버지는 옛날 사람이니까 그럴 수도 있다고 생각했다. 여중을 다닐 때 40대였던 남자 담임 선생님이 상담하며 내 귓불을 만지고, 친구의 가슴 근처 팔뚝을 주물럭대도 우리는 그를 욕하며 그냥 '변태 쌤' 정도로만 생각했다. 고등학생 시절엔 벌

건 대낮에 하교하다가 마주 오던 생면부지의 대머리 아저씨가 내 손을 잡아 만져보곤 휙 스쳐 지나갔던 그날의 기억이 한참을 괴롭혔지만, 동네에 그런 미친 또라이 변태 새끼 하나쯤은 다 있는 줄로만 알았다. 친구들 역시 그랬다. 나는 그 모든 것들이 잘못된 것인 줄 이제야 안 것뿐이다. 아무도 알려주지 않았을 뿐이다. 엄마도 학교에서도. 물론 엄마도 어디서도 배우지 못했을 뿐이고.

이제는 내가 페미니스트가 되지 말아야 할 이유를 찾는 것이 더 어렵다. 적극적인 페미니즘 운동을 하는 분들에게 죄송할 정도로 실제로는 아무것도 안 하고 있긴 하지만, 이 험난한 세상을 여자라는 같은 성으로 살아내야 할 딸이 생기면서, 무엇이든지 스펀지처럼 빨아들이고, 나를 모방하는 다섯 살 딸아이를 보면서 항상 다짐한다. 엄마가 더 똑똑해지고, 제대로 된 것만 너에게 가르쳐주겠다고. 네가 여성으로서 살면서 차별받거나 피해 보지 않는 세상이 더 빨리 오면 좋겠지만, 그게 생각만큼, 수많은 여성이 노력하고 있는 만큼은 빨리 도래하지 않을 것 같으니, 그런 세상을 어떻게 네가 받아들이며, 어떻게 해석하고 이해하며, 대처하며 살아야 하는지를 알려주고 싶다.

페미니스트가 된다는 것은 단순히 남성에 대한 피해의식을 부르짖는 것도 아니고, 똑같이 대우해달라는 것도 아니다. 사회적 약자에 대한 배려, 소수자에 대한 시선, 이미 평등하지 않은 이 세상이나 사회에 대해 어떻게 나를, 우리를 관철하는가에 대한 방법론일 수도 있다.

나는 내 딸이 약자를 배려하는 섬세한 방법도 알고, 자신이 부당하게 피해 보거나 차별받았을 때 그 대상에게 올바른 방법으로 똑똑하게 할 말 다하며 이의를 제기할 수 있는 그런 여자로 컸으면 좋겠다. 그것이 뭐 그렇게 큰 바람은 아니지 않은가. 내가 딸의 인생 때문에라도 페미니스트가 되겠다는데.

사실 그러기 위해서는 나만 잘한다고 될 것은 아니다. 어린 딸의 남자에 대한 상은 처음 만나는 남자인 아빠를 통해 만들어진다. 아빠를 통해 다른 성별과의 관계와 나아가 사회관계에 대해 배운다. 내 남편이 어느 하나 반페미니스트적인 발언을 하거나, 딸 앞에서 내 마음에 들지 않는 행동을 할 때 내가 가만있을 수 없는 이유이다. 남편도 일일이 지적하곤 하는 나 때문에 꽤 피곤해 보이지만, 요즘엔 어느 정도 내 말의 의미나 내가 그렇게까지 하는 의도는 이해한 것 같다. 거기서 한 발 더 나아가면 참으로 좋겠지만.

최소한 딸 가진 아빠들만이라도 페미니스트가 되어야 한다. 페미니스트의 진짜 의미가 뭔지도 모르거나, 그런 뉴스가 나오기만 해도 TV 채널을 돌려버리거나, 심지어 '꼴페미', '맘충' 어쩌고저쩌고 하는 딸 가진 아빠가 있다면 그는 최소한의 아빠 자격도 없는 사람이라고 깎아내릴 테다! 나는 지금 궁서체로 쓰고 있다. 알려고 하지도 않는 자는 비난할 자격이 없다. 딸의 인생에는 관심이 없다. 딸을 사랑하는 제대로 된 방법을 모르는 것이다. 엘사 드레스 사주고, 장난감 화장품 사주고 환심 살 생각하지 말고, 대한민국의 모든 딸 가진 아빠들이여. 그 사랑해마지 않는 딸, '우리 공주님'이라고 부르지 말고, 그녀를 제대로 사랑하고 싶다면 격렬하고 진정한 페미니스트가 되어라!

보고 있나, 남편?

그래서 결혼하라는 거야, 말라는 거야?

늦잠 자고 느지막이 일어난 일요일 아침, 배고프단 아이에게 주섬주섬 우유 한 잔 따라주고 난 뒤 설거지부터 한다. 엊저녁에 남편과 반주하며 저녁밥을 먹은 뒤 살짝 취하고 귀찮은 마음에 설거지 거리를 한가득 담가두고 그냥 잤기 때문이다. 밤늦게까지 요즘 빠져있는 미드를 본 건지 거실 TV 앞 소파에서 잠들었던 남편은 내가 아이를 챙기고 설거지하느라 혼자 동동거리는데도 여전히 소파와 합체한 채 스마트폰을 들여다보고 있다. 내가 설거지하는 동안 옆에 와서 커피라도 내리고, 아이 세수라도 시키면 좀 좋아? 으이구, 그걸 일일이 콕 집어 시키느니 속 터져도 내가 하자 싶다가, 그러면 결국은 또 하면서도 툴툴거리게 될 것 같아 한마디 한다.

"여보오! 커피 좀 내려줘. 설거지해놓고 같이 토스트라도 해 먹자."

시키면 군말 없이 곧잘 하긴 한다. 명령어가 입력되고 소파에서 그 육중한 몸이 분리되는 데 3분쯤 걸린다는 게 문제지만. 결혼한 여자들끼리 우스갯소리 반, 체념 반으로 하는 얘기 중에 남편을 대할 때 또는 남편에게 뭔가 집안일 등을 시키고 싶을 때, 절대로 '남편이 스스로 알아서 할 것'을 기대하지 말고, 초등학생 아이에게 하듯 아주 구체적인 지시사항과 리스트 형태로 말하면 서로에게 좋다는 말이 있다.

남자의 머릿속은 여자의 그것과 아예 체계 자체가 달라서 여자가 '으이구, 저 인간 드러누워 있지 말고 와서 애 세수라도 시키고, 같이 아침 준비라도 좀 하지.'라고 백날 생각해봤자 남편은 아내가 그 사실에 스트레스 받고 있다는 사실조차 인지하지 못하는 동물이므로, 결국은 나만 스트레스 받기에 십상이라는 것이다. 그냥 '저 인간은 나와 사고체계 자체가 다른 또 다른 종족이다.' 또는 '남편이 아니라 초등학생 아들이다.'라고 생각하면 그 아들이 시키면 시키는 대로 음식물 쓰레기도 갖다버리고 청소도 해주니 얼마나 대견한가 이 말이다. 남편은 결코 아들이 아니라는 것이 중요하지만, 세간의 말을 전하는 중이다.

이 마음가짐을 계속 염두에 두고 있어도 드러누워 있는 남편을 보면 화가 안 나는 것은 아니다. 그렇지만 처지 바꿔서 날벌레 한 마리만 튀어나와도 꽥꽥 소릴 질러대며 남편을 찾는 나, 빤한 길에서 후진을 잘못해서 범퍼 긁어먹는 나를 보며 남편 역시 나를 답답하게 보진 않을까 생각해본다. 그러면 또 한 템포 가라앉곤 한다.

물론 이런 보통의 남편, 보통의 아내의 모습과 다른 형태의 부부들도 많을 것이다. 남녀를 떠나 개인마다 차이가 크고 남성성과 여성성 또는 남녀의 성격 차이란 게 보편적인 게 있을 수 없으니까. '남성적이다.' 또는 '여성적이다.'로 분류되는 것의 대부분은 후천적으로 학습된 젠더의 속성이다. 하지만 어쨌든 나의 경우에는 전형적인 남편과 아내의 역할을 집안에서 떠맡고 있고 예를 들었던 것과 비슷한 일화가 제법 자주 발생하곤 했다. 어쨌건 결혼이라는 것이 남녀를 떠나 한 개인과 개인이 만나 준비, 시작! 하면 그때부터 한 집에서 살기 시작하는 것이니 결혼 초반에 그 둘이 얼마나 많이 서로의 다름을 발견하며 싸우게 될지는 말해 무엇하리.

싸움이 없는 관계란 실상을 파고 들어가 보면 한쪽이 좀 더 참고 있는 관계일 수도 있다. 나와 너가 동일한 하나의 인격체가 아닌데 어찌 서로를 보며 이해되지 않는 행동이 없을 수가 있겠으며, 거기에서 오는 자그만 갈등이라도 없겠는가.

동거라는 좋은 방법이 있음에도 아직도 구시대적 발상을 가졌거나 남들 눈을 의식해 몸소 실천해보지 못하고 나처럼 바로 결혼부터 하는 부부가 아직 많을 것이다. 그렇다고 나를 포함해 결혼해버린 우리 기혼자들을 용기 없는 사람으로 치부하고 싶진 않지만. 어떤 의미에선 결혼의 단점을 알면서도 거기 뛰어든 용기 있는 자일 수도?!

우리나라에선 2014년에 '생활동반자 관계에 관한 법률'이 발의되었지만, 아직 국회에서 제대로 논의조차 되지 않고 있다. 프랑스나 독일 등 서구권에서는 '동반자' 또는 법적 파트너에게 결혼한 부부와 비슷한 수준의 보호자 권리나 복지 혜택을 누릴 수 있도록 한 법이 1990년대 후반~2000년대 초반에 이미 제정되어 시행되고 있다. 이에 비교해 결혼이란 단 하나의 법적인 파트너 관계만 인정하는 우리나라의 제도는 그 속도가 현저히 느리다고밖에 볼 수 없다. 20년을 사실혼 관계로 동거한 사이라 해도 법적으로 구속되어 있지 않으면 한 사람이 아플 때 수술동의서에 사인조차 할 수 없다니.

한 명이 먼저 죽어서 재산을 남겨주고 싶어도 줄 수 없다니. 이 무슨 꽉 막힌 사회란 말인가.

다양한 형태의 가족도, 혈연으로 묶여있지 않은 사이의 관계도 가족으로 인정해줄 수 있는 포용력 있는 사회가, 그 포용력을 제도와 법으로 뒷받침해줄 수 있는 사회가 더 많은 사회 구성원들을 행복하게 만들 수 있는 사회가 아닐까.

결국은 또 의식의 흐름에 따라 남편과의 작은 일화에서 이 나라에 대한 불만을 토로하는 데까지 와버렸지만, 결국 그 법적 보호의 테두리 밖에서 평생 살 자신이 없어서 결혼이라는 구시대적 제도를 내 삶에 편입시켜버린 사람으로서, 내 딸은, 앞으로 우리 아이들이 살 사회는 좀 더 변화를 빨리 받아들이는 열려있는 사회가 되길 바라는 마음이었다는 훈훈함으로 마무리한다.

오늘도 역시 그래서 이미 해버린 이 결혼을 후회하진 않지만, 딱히 결혼해서 더 행복한 것 같지도 않다는 어중간한 결론으로 푸지게 싸놓고 덜 닦은 것 같은 느낌으로.

그대 나에게 뭘 바란 것인가? 선택은 언제나 결국, 그대의 몫.

에필로그

그럼에도 불구하고 이혼하지 않는 이유는

에필로그를 쓰고 있는 오늘도 난 아주 사소한 문제로 남편과 말다툼을 했고, 결국에는 또 눈물을 흘렸다. '내가 맞니, 네가 맞니, 뭐가 서운하니, 왜 내 마음을 몰라주니.' 등등의 레퍼토리가 또 다시 이어졌다. 도대체 저놈이랑 내가 왜 결혼을 해서 이 진상을 부리고 있나, 현타가 밀려왔다. 그렇지만 그 싸움이 또 금방 마무리될 것을 알고, 미적지근하게 애매하게 화해한 후에도 아무 일도 없었단 듯이 같이 밥을 먹고, 한 이불을 덮고 잠자리에 들 것을 나는 이제 안다. 그러다가 또 가끔 사랑을 나누기도 할 것이고, 또 육아 문제로, 시가나 친정 문제로 싸우기도 할 것이다. 지독한 현실이다. 사랑과 계산과 조건이 결혼이 되었다가 그것은 먹고사니즘이 되었다가 한숨과 눈물이 되기도 한다.

한숨과 눈물과 돈 계산, 그리고 찰나의 행복의 복합체인 결혼. 그 두 글자가 내 인생에 주는 것이 그 무엇이든지간에 나는 현재로서는 이혼할 생각이 없다. 물론 아이 때문이기도 하지만 반려자로서 필요한 자질이나 결혼조건 등 나만의 기준에 그나마 만족하는 상대가 남편이었고, 포기할 것은 빨리 포기해야 이롭다는 걸 일찍 깨달았기 때문이기도 하다.

그리하여 내가 내린, 결코 독자들에게 강요하고 싶지는 않은, 결론은 결혼이란 게 한 번 해볼 만하긴 하다는 것이다. 결혼은 미성년자를 졸업하고도 여전히 레벨 3 정도의 어린애였던 두 어른이를 레벨 7 정도는 되는 어른이로 성숙하게 해준다. 그 과정은 비록 피가 터지도록 진통을 겪겠지만, 결국은 나 혼자 사는 세상이 아니기에. 나 아닌 단 한 명의 타인에 대해서 평생토록 알아가 보고, 싸워도 보고, 사랑하기도 하고, 심지어는 헤어지기도 하는 그 모든 고난의 과정들이 인간을 좀 더 성숙하게 하고 보다 인간답게 만들어 준다고 생각하기 때문이다.

물론 나의 의견에 동의하지 않는 비혼주의자도 많을 것이고, 결혼제도가 아직도 아주 많은 부분에 있어서 여성들에게 더 불합리한 것이라는 데 전적으로 동의한다. 덧붙여 상대방과 법적으로 묶이지 않고도 위에 언급한 철학적 질문과 사유를 누리며 '함께' 살 수 있다는 것에도 동의한다. 그리하여 내가 준비한 것이 '그럼에도 결혼하고 싶은 페미니스트를 위한 체크리스트'였음을 기억해주면 좋겠다.

결혼은 쉴 새 없이 변하는 철학적인 의문들의 연속체이다.

당신이 고통의 순간들마저 삶의 한 부분으로서 즐기는 사람인지 자문해보라. 고통과 고뇌, 슬픔과 고통, 고통과 짜증남의 사이에 가끔씩만 등장하는 행복을 진정으로 소중하게 여기는 사람인지, 내가 가진 것을 소중하게 생각하는 사람인지, 때로 과분한 것을 바라는 사람은 아닌지 물어보라고 하고 싶다. 그렇다면 결혼에 대한 많은 해답이 이미 그 속에 있을 것이다.

이혼하고 싶어질 때마다
보는 책

초판1쇄 2021년 4월 15일 **지은이** 박식빵 **일러스트** 김예지(코피루왁) **펴낸이** 한효정 **편집교정** 김정민 **기획** 박자연, 강문희 **디자인** 화목, 구진희 **마케팅** 김수하 **펴낸곳** 도서출판 푸른향기 **출판등록** 2004년 9월 16일 제 320-2004-54호 **주소** 서울 영등포구 선유로 43가길 24 104-1002 (07210) **이메일** prunbook@naver.com **전화번호** 02-2671-5663 **팩스** 02-2671-5662
홈페이지 prunbook.com | facebook.com/prunbook | instagram.com/prunbook

ISBN 978-89-6782-135-7 03810

값 14,300원

이 도서의 국립중앙도서관 출판예정도서목록(CIP)은 서지정보유통지원시스템 홈페이지(http://seoji.nl.go.kr)와 국가자료공동목록시스템(http://www.nl.go.kr/kolisnet)에서 이용하실 수 있습니다.